SOLO POR DESEO
TARA PAMMI

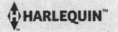

HARLEQUIN™

Editado por Harlequin Ibérica.
Una división de HarperCollins Ibérica, S.A.
Núñez de Balboa, 56
28001 Madrid

© 2016 Tara Pammi
© 2017 Harlequin Ibérica, una división de HarperCollins Ibérica, S.A.
Solo por deseo, n.º 2569 - 6.9.17
Título original: The Unwanted Conti Bride
Publicada originalmente por Mills & Boon®, Ltd., Londres.

I.S.B.N.: 978-84-687-9964-3
Depósito legal: M-17527-2017
Impresión en CPI (Barcelona)
Fecha impresion para Argentina: 5.3.18
Distribuidor exclusivo para España: LOGISTA
Distribuidores para México: CODIPLYRSA y Despacho Flores
Distribuidores para Argentina: Interior, DGP, S.A. Alvarado 2118.
Cap. Fed./Buenos Aires y Gran Buenos Aires, VACCARO HNOS.

Capítulo 1

DESESPERADA, así era como se sentía Sophia Rossi aquella noche.

En realidad nunca había pertenecido a la alta sociedad milanesa de la que formaban parte su padrastro y su madre. Ella solo era una Rossi porque Salvatore la había adoptado después de casarse con su madre cuando Sophia tenía trece años. Detalles de su vida que las personas que la rodeaban no le dejaban olvidar.

No sabía ni cómo había conseguido capear la ruptura de su compromiso con Leandro Conti.

Pero el último rumor, según el cual tenía una aventura con su amigo Kairos Constantinou, que se acababa de casar con la hermana de Leandro, la había convertido en el centro de las habladurías. Si lo hubiese sabido, no habría acudido al cumpleaños de Luca, al que su hermano Leandro la había invitado probablemente porque se sentía culpable después de haber roto el compromiso.

Agarró con fuerza la frágil copa de champán, esbozó una sonrisa y paseó por el balcón.

El hecho de que la convirtiesen en una especie de arpía caprichosa, que rompía matrimonios ajenos, se había convertido en un peso para su familia.

¿Cómo era posible que, después de lo duro que había trabajado, hubiese puesto en peligro el principal objetivo de su vida?: Apoyar a su padrastro, Salvatore, y reconstruir su empresa, Rossi Leather, hasta que sus hermanastros tuviesen la edad suficiente para ocuparse de ella.

Antonio Conti, el patriarca de la familia Conti, se acercó a ella. A pesar de estar muy tensa, no dejó de sonreír.

Antonio, que tenía el pelo cano, le recordaba a un lobo: astuto, artero y siempre dispuesto a abalanzarse sobre su presa.

—Dime, Sophia —empezó, acorralándola contra una columna blanca—, ¿de quién fue la idea de que te casases con mi nieto?

La pregunta la sorprendió, aunque ella intentó que no se le notase.

—Eso da igual, Leandro ya está casado.

—Tu padrastro es un hombre ambicioso, pero poco inteligente —continuó Antonio, como si Sophia no hubiese hablado—. Trabajador, pero con poca visión de futuro. A pesar de saber que yo estaba desesperado por casar a mis nietos, a él jamás se le habría ocurrido ofrecerte en matrimonio.

Sus palabras fueron secas, incluso crueles, pero no por ello menos ciertas.

Sophia llevaba una década intentando, sin éxito, que Salvatore se diese cuenta del valor que ella podía aportar a la empresa. Solo le daba proyectos pequeños y se negaba a escuchar sus ideas.

Lo único que le importaba era la herencia que iba a dejar a sus hermanastros, Bruno y Carlos.

–Fue mía –admitió. Ya no tenía nada que perder–. Pensé que ambas familias saldrían beneficiadas.

Tal vez Sal le guardase rencor a Leandro Conti y a su familia por haber roto el compromiso, pero ella siempre había sido muy práctica.

Rossi Leather no superaría su último traspiés financiero si se enemistaba con los poderosos Conti. Antonio todavía tenía mucha influencia en la generación más mayor de la industria del cuero y Leandro Conti, su nieto mayor y director general de Conti Luxury Goods, en la generación más joven.

Sin embargo, el segundo nieto de Antonio, Luca... No tenía influencia, ni moral. Ni, probablemente, tampoco talento. Solo era un hombre con encanto, atractivo y con una total falta de moderación.

Sophia se enfadaba solo de pensar en él. Y le temblaban las rodillas.

Se había pasado noches enteras yendo y viniendo por su habitación, sin dormir, presa del pánico, con la idea de casarse con Leandro. Se había puesto enferma, había tenido pesadillas.

Pero el bienestar de su familia había estado por encima de sus ingenuos sueños de juventud.

Antonio no pareció sorprenderse, pero arqueó las cejas.

–Eres una joven curiosamente ingeniosa, Sophia.

Ella se ruborizó.

–A pesar de ser solo una bastarda medio italiana con un compromiso roto a las espaldas, ¿quiere decir?

Él la miró fijamente.

Si no hiciese mucho tiempo que había perdido la sensibilidad, si no hubiese desarrollado aquella piel de elefante, se habría sentido insultada por su mirada, de arriba abajo.

–No me evalúe como si fuese ganado –le dijo–. Ya no estoy en el mercado.

Aquello pareció divertir a Antonio.

–No solo estás completamente volcada en tu familia, sino que además eres mordaz y valiente. Me gustas, Sophia.

Era raro escuchar del sexo opuesto, salvo de sus hermanos de diez años, algún comentario que no fuese condescendiente o insultante.

–Ojalá pudiese decir lo mismo, pero he visto cómo utilizaba las carencias de los demás en provecho propio, incluidas las de Sal.

Antonio siguió sonriendo.

–¿Y por qué no aconsejas a tu padrastro?

Ella guardó silencio, se sintió frustrada. Porque Sal nunca la escuchaba. La quería, pero no lo suficiente como para confiar en sus opiniones ni en su inteligencia en lo relativo a Rossi Leather. Y aquel viejo lobo lo sabía.

–Yo podría darte lo necesario para ayudar a Salvatore, Sophia. Sin que tengas que lanzarte a los brazos de un hombre casado.

El comentario la enfadó, pero se quedó en silencio.

–Inyectaré capital en el negocio de Salvatore –continuó Antonio–. Le conseguiré contratos nuevos. Últimamente ha tomado malas decisiones y es evidente que necesita ayuda.

–No estoy en venta –replicó Sophia, sintiéndose como un burro al que le hubiesen ofrecido una zanahoria–. Sugerí casarme con Leandro para ayudar a Sal, pero habría mantenido mis promesas. Habría sido una buena esposa.

–¿Acaso piensas que no lo sé? ¿Piensas que habría permitido que Salvatore me... convenciese de que te casases con mi nieto sin saberlo todo de ti? Ese es el motivo por el que te estoy haciendo esta propuesta.

–¿Qué propuesta? –preguntó ella con el pulso acelerado.

–Tengo otro nieto. Si llevas a Luca al altar y te casas con él resolveré los problemas económicos de Rossi. El futuro de tu madre y de tus hermanos no volverá a correr peligro.

–¡No!

¿Cómo iba a casarse con Luca?

–Ni siquiera querría pasar una noche con el Conti demonio, ¿cómo voy a casarme con él?

Como si lo hubiesen invocado, Luca apareció en medio del perfecto jardín, seguido de una guapa rubia que lo seguía como un perrito.

Luca siempre llevaba una mujer colgada del brazo.

La noche en la que se anunciaba su compromiso con Leandro la mirada de Luca había sido furiosa, pero este la había evitado. Llevaba una década haciéndolo.

Tenía el pelo corto y ondulado, lo que hacía que su rostro anguloso pareciese todavía más delgado. Andaba con gracia y sofisticación, pero toda su austeridad se terminaba en el pelo.

Porque Luca Conti era el hombre más guapo que había visto jamás.

Su rostro era perfecto, tenía los hombros anchos y la cintura estrecha, los muslos musculosos gracias a horas de natación. Se movía sinuosamente entre la multitud, con la mujer alta, rubia, colgada de él como si se tratase de un accesorio.

La mirada negra, siempre con ojeras, como si no durmiese nunca, la nariz afilada y los labios carnosos...

Unos labios que invitaban a pecar... Unos labios que Luca sabía utilizar muy bien.

Y los pómulos marcados, la frente alta, como si hubiese sido labrada en mármol para convertirlo en un hombre impresionante.

Las facciones podrían haber sido afeminadas, demasiado bellas, pero había algo en su mirada que lo hacía muy masculino.

Y el demonio era plenamente consciente de su exquisita belleza y del efecto que tenía en el sexo femenino, ya fuese de diecisiete o de setenta años.

Incluso desde allí arriba era evidente que Luca había bebido, lo mismo que la rubia, que resultó ser la exesposa del ministro de Economía Italiano, Mariana.

¿Habría dejado esta a su poderoso marido por Luca? ¿Sabía que Luca la iba a tratar como los niños trataban a los juguetes cuando se cansaban de ellos?

Sophia casi sintió pena por la otra mujer, casi.

Oyó que Antonio juraba entre dientes a su lado.

Como era habitual, Luca estaba creando alboroto. Todo el mundo se giró a mirarlo, incluidos Kairos y Valentina. Leandro le puso una mano en el hombro para contenerlo, pero Luca se la apartó.

Se oyeron murmullos.

Luca y su acompañante estaban discutiendo, y eso era demasiado escándalo para todo el mundo.

—¿Ese es el hombre con el que quieres que me case? ¿Un hombre que alardea de tener una relación con la mujer de otro, sin pensar en las familias de ambos? ¿Un hombre que piensa que todas las mujeres son un reto por conquistar, una apuesta que ganar?

Sophia no se había olvidado jamás de cómo la había humillado a ella.

—No tocaría a Luca ni aunque fuese el último hombre de la Tierra.

Antonio se giró lentamente hacia ella, como si aquel movimiento le costase un gran esfuerzo. Su mirada era despiadada.

—Como bien sabes, Sophia, el banco le va a exigir a Salvatore el reembolso del préstamo. Además, no va a poder cumplir con el plan de producción previsto.

—Eso no es cierto. Ha pedido una prórroga...

—Que le han denegado.

Sophia supo por la mirada de Antonio que él mismo se había encargado de aquello.

Salvatore había llevado la empresa a la ruina con sus decisiones equivocadas, pero aquel último golpe, el rechazo de una prórroga por parte del banco, había sido obra de Antonio.

Al parecer, Antonio estaba tan desesperado como ella.

—Aunque aceptase su horrible propuesta, ¿cómo iba a conseguirlo? Ni siquiera yo, por muy desesperada que esté, podría llevar a un hombre al altar. Mucho menos a Luca.

A pesar de estar borracho, Luca había conseguido apartar a la mujer de la multitud, pero las risas de esta y su voz profunda se oían desde allí.

Sophia sintió calor. Y sintió pena.

La mujer estaba enamorada de Luca.

Antonio apartó la mirada de su nieto y apretó los labios, parecía furioso y... dolido. ¿Por qué?

–No, a mi nieto no le importa nada en este mundo. Sus padres hace tiempo que no están y Leandro tampoco quiere saber ya nada de él. Pero Luca haría cualquier cosa para proteger a Valentina y el secreto de su procedencia.

–Yo no quiero saber nada de eso... –le advirtió Sophia.

–Valentina no es hija de mi hijo, sino producto de la aventura que tuvo su madre con un conductor. Y, si eso se sabe, el estatus de Valentina e incluso su matrimonio con tu amigo Kairos sufrirán. Utilízalo para convencer a Luca. Él se doblegará por el bien de Valentina.

Sophia se quedó callada, mirando a Antonio.

La idea de chantajear a Luca no le molestaba tanto como la de utilizar el secreto de Valentina. No quería hacerle daño a nadie.

–Hay demasiadas personas inocentes implicadas y yo no le haré daño a ninguna solo por...

–¿Solo por salvar la empresa de Salvatore? ¿Solo para que tu madre y tus hermanos no tengan que abandonar la finca en la que viven, quedarse sin coches, sin estatus social? ¿Y qué vas a hacer, Sophia? ¿Vas a aceptar el trabajo de jefa de proyecto que te ofrece tu amigo griego? ¿Vas a ver desde lejos cómo Salvatore hunde su empresa?

–¿Por qué yo? ¿Por qué no busca a otra mujer que quiera casarse con él? ¿Por qué...?

–Porque tú eres dura y haces lo que tienes que hacer. No tienes ideas tontas acerca del amor en la cabeza.

Las palabras de Antonio retumbaron en su cabeza.

Deseó no haber ido a la fiesta... Tenía la clave para salvar la empresa de su padrastro, pero para ello debía vender su alma al diablo...

Mientras recorría el interminable pasillo de Villa de Conti, se dijo que ni siquiera debía considerarlo.

Estaba segura de que Antonio se engañaba al pensar que el mujeriego de su nieto iba a preocuparse por su hermana, pero ella tenía que intentarlo. Tenía que ver si existía la posibilidad de salvar la empresa y evitar que Salvatore, su madre y sus hermanos terminasen en la calle.

Llegó a un porche ancho, circular, que había en la parte trasera de la casa.

Y lo vio allí, sin chaqueta, con la camisa abierta, dejando entrever su pecho aceitunado. Estaba apoyado en la pared, con un pie apoyado en ella, los ojos cerrados, el rostro alzado hacia el cielo.

La luz de la luna acariciaba las curvas de su rostro, las sombras diluían la magnífica simetría de sus rasgos, haciéndolo un poco menos impresionante.

Un poco menos cautivador.

Un poco menos diabólico.

Casi vulnerable y... extrañamente solitario.

Poco a poco, Sophia se fue dando cuenta de su

propia reacción. Tenía las palmas de las manos húme-
das, el corazón acelerado, un nudo en el estómago.
Una década después, volvió a derretirse al tenerlo
cerca.

Debió de hacer ruido porque Luca abrió los ojos y
la miró, sus pupilas se dilataron un instante y después adoptó aquella actitud relajada y tranquila que
tanto odiaba Sophia.

–Sophia Rossi, dura como el acero y con el corazón frío como el hielo –dijo–. ¿Te has perdido, *cara*?

–Deja de llamarme...

Si iba a hacer aquello, Sophia tenía que hacerse
una coraza de hierro y no mostrarse vulnerable. Él se
apartó de la pared mientras Sophia decidía lo que iba
a decir. Cuando levantó la vista lo tenía tan cerca que
podía aspirar su olor masculino.

Sin aliento, nerviosa, con un suspiro atrapado en
el pecho, estudió la pequeña cicatriz que Luca tenía
en la barbilla, el suave arco de sus cejas, los altos
pómulos. Unas facciones angelicales que ocultaban
a un verdadero demonio.

Luca la miró divertido. Apoyó una mano en la
pared y continuó:

–Dime, ¿cómo has terminado en la otra punta de la
casa, lejos de los tejemanejes de tus amigos empresa-
rios? ¿Cómo es posible que la pastorcilla haya perdido
al rebaño y se haya topado con el lobo feroz?

Sophia intentó mantener la calma.

–Te estás equivocando de cuento.

–Pero me has entendido, ¿verdad? –le preguntó
él, pasándose la mano por los ojos cansados–. ¿Qué
quieres, Sophia?

–Dada tu... situación he pensado que necesitas que te rescatasen.

Él sonrió de oreja a oreja.

–Ahh... y por eso Sophia Rossi, la recta y pura, ha decidido acudir en mi ayuda.

–¿Dónde está tu amante? Puedo hacer que uno de vuestros conductores la lleve a casa.

Él la miró fijamente a los ojos.

–Está en mi cama –dijo él–. Creo que la he dejado agotada.

Sophia sintió náuseas.

–¿No te parece que es ir demasiado lejos incluso para ti? Ni siquiera se han divorciado todavía. Y estás haciendo público lo vuestro.

–Eso es lo divertido, ¿no? Los juegos peligrosos. Hacer tal vez que su marido pierda los estribos.

–¿Y luego marcharte?

«Como hiciste conmigo».

–Le destrozarás la vida a esa mujer y después te irás por otra pobre...

Él sonrió y cubrió sus labios con una mano.

–¿Eso es lo que piensas, *cara*? ¿Que fuiste una víctima años atrás? ¿Te has convencido a ti misma de que te forcé?

Sophia le apartó la mano y lo fulminó con la mirada mientras fingía que no le picaban los labios. Que no sentía calor con el recuerdo...

–No he querido decir que las haces tuyas sin su consentimiento, pero los dos sabemos, Luca, que después de esto ella se quedará sin nada.

–Tal vez sea la ruina lo que busca Mariana. Tal

vez yo sea su única salvación. Tú no la entenderías, Sophia.

–No pienso que...

–No me importa tu opinión, así que, *per carita*, deja de expresarla.

Se inclinó sobre ella, que se sintió diminuta y le preguntó:

–¿A qué se debe este repentino interés por mí, Sophia? ¿Has decidido que por fin necesitas otro orgasmo, para mantenerte viva la próxima década?

Ella sintió que ardía. Su cuerpo ardía. Quiso decirle que sí, pero en su lugar respondió:

–No todo en la vida tiene connotaciones sexuales.

–Y lo dice la mujer que necesita desesperadamente que...

En esa ocasión fue ella quien apoyó la mano en su boca. Lo fulminó con la mirada. Sintió como su aliento le besaba la palma.

Los dedos largos y elegantes de Luca le acariciaron la muñeca y entonces le apartó la mano.

–¿Qué pensabas que te iba a decir, Sophia?

Ella apretó los labios, respiró hondo.

–Me gustaría hacerte una propuesta, una propuesta que nos beneficiaría a ambos.

–No hay nada que puedas ofrecerme –replicó él–... que no pueda conseguir de otra mujer, Sophia.

–No la has oído.

–No me interesa.

–Quiero casarme contigo.

Capítulo 2

NO LE había preguntado:
–¿Quieres casarte conmigo?
Ni le había dicho que tenía sentido que se casasen aunque ella llevase una década odiándolo y, solo unos meses antes, hubiese elegido a su hermano Leandro para pasar por el altar.

Ni que lo necesitaba para salvar a su padrastro de la ruina. No le había rogado que se casase con ella.

No, Sophia Rossi le había propuesto matrimonio como hacía todo lo demás.

Como un toro embistiendo y con la confianza de que podría conseguir lo que quería.

Luca se preguntó de dónde sacaba tanta fuerza aquella mujer.

Intentó disimular su sorpresa. Era de admirar que Sophia quisiese hacer aquello por el bien de su familia, sabiendo lo mucho que lo odiaba. Se le aceleró el corazón. En realidad, Sophia era su debilidad, nunca había podido olvidarla.

Entonces se sintió divertido. Aquello era muy gracioso.

Rio a carcajadas. Tenía un nudo en el estómago. Con mano temblorosa, se limpió las lágrimas de las mejillas.

¿Qué dios misericordioso le había hecho aquel maravilloso regalo?

Por motivos demasiado freudianos, Luca odiaba su cumpleaños.

A lo largo de los años, había aprendido a sobrellevarlo, pero en treinta y pico miserables años jamás había recibido un regalo como aquel.

Solo unos meses antes Sophia había elegido a Leandro para casarse, no a él.

Ver a diario a la mujer a la que él había dejado años atrás, después de haberle roto el corazón en mil pedazos, casada con su hermano, habría sido demasiado.

Habría permitido que el compromiso siguiese adelante, pero, la boda, probablemente no.

La habría seducido, de eso estaba seguro. Habría tenido que hacerlo antes de la boda. Por suerte había aparecido en escena la que ya era su cuñada, Alex, que había puesto la vida de Leandro del revés y había evitado que Luca tuviese que actuar.

Y allí estaba Sophia en esos momentos... proponiéndole que se casase con ella. Era una mujer con agallas. Aunque fuese solo por eso, le gustaba.

—Creo que es el mejor regalo de cumpleaños que me han hecho jamás, *bella*. Cómo caen los héroes. Espera a que...

Ella rugió indignada e impidió que Luca continuase hablando.

—Si se lo cuentas a alguien, te cortaré...

Él dejó escapar otra carcajada.

—Vete al infierno —susurró Sophia, furiosa.

Luca la agarró de la muñeca y la llevó al enorme

salón que había detrás de ellos que, afortunadamente, estaba vacío. La acorraló contra la pared y puso las manos sobre su cabeza.

El desdén de su mirada, la arrogancia con la que levantaba la barbilla... Despertó en él los instintos más básicos que había desterrado de su vida.

–¿Pensabas que podrías pedirme que me casase contigo y marcharte sin más? ¿No imaginabas que me resultaría divertido?

–Eres un cerdo sin remordimientos.

Era la primera vez que hacía mención al pasado.

Luca sintió un poco de pena, pero solo un poco.

¿Lamentaba haberle hecho daño a Sophia diez años antes?

Sí.

¿Tanto que, dada la oportunidad no volvería a hacerlo?

No.

Era demasiado egoísta como para negar que había disfrutado mucho de aquellas semanas.

–Y a ti te gusta demasiado hacerte la bruja estirada.

Vio ira y, tal vez, dolor en sus ojos marrones.

Las aletas de su nariz, que era demasiado prominente, se inflamaron. Su boca, que era demasiado grande para un rostro tan pequeño, se tornó de un rosa intenso. Su cuerpo de guitarra, envuelto en el más horrendo vestido negro, se frotó contra el de él, excitándolo.

Y, de repente, Sophia se transformó en otra cosa.

Se transformó en la Sophia del pasado, a la que Luca no se había podido resistir, la Sophia a la que había besado con pasión. La Sophia que había sido antes de que él la hiciese volverse dura.

La oyó protestar y unos segundos después intentaba darle un rodillazo en la entrepierna.

–¿Cómo va a... prosperar nuestro matrimonio si me dejas estéril, Sophia?

Se apartó a tiempo de evitar el golpe y después la atrapó con sus caderas, notando contra su cuerpo el suave vientre de Sophia.

Esta dejó escapar un grito ahogado.

Varios mechones rizados cayeron del feo moño y tocaron suavemente su rostro. El olor a flores de su champú, que no iba nada con el tipo de mujer que era, o que pretendía ser, le acarició la nariz. Luca la enterró en la gruesa mata de cabello y masajeó sus hombros como si calmando a Sophia pudiese calmarse él.

Nunca había olvidado la pasión que había habido entre ambos, la facilidad con la que su plan había salido mal diez años antes. Cómo, incluso para su paladar hastiado, Sophia había demostrado ser toda una tentación.

Cómo podía sugerirle esta que se casasen. ¿Por qué quería tentar al demonio que llevaba dentro?

Porque la idea era tentadora. ¿Qué hombre no querría deshacerse de los vestidos feos y de aquella fachada altiva y encontrar a la deliciosa mujer que había debajo?

La apartó, lo hizo con brusquedad. La deseaba, le costaba respirar.

Normalmente, nunca perdía el control en aquel tipo de situaciones. Sin vergüenza ni escrúpulos, utilizaba su encanto, su belleza, para atraer a las mujeres. Se divertía con ellas y después las dejaba.

Había construido su vida así y, a pesar de no querer hacerlo, había pisoteado la inocencia de Sophia.

Y volvería a hacerlo. Era lo que Sophia esperaba de él, que se comportase de manera horrible, que la torturase con sus lascivas palabras. Y no podía decepcionarla.

—Se me ocurre una manera mucho más placentera y madura de descargar tu frustración.

—Es difícil comportarse de manera madura cuando te estás riendo de mí en mi cara.

—¿Tan frágil es tu dignidad? La Sophia de la que siempre oigo hablar en las salas de juntas es algo parecido a la diosa Diana.

Esbozó su característica sonrisa. Aunque ella lo estuviese fulminando con la mirada, no se inmutó.

Sophia se puso todavía más tensa.

Él se preguntó cuánto tiempo hacía que no se divertía tanto. Y eso que todavía no se habían quitado la ropa.

—Tenía razón, soy yo el que te molesta.

Ella cerró los ojos un instante para volver a tomar fuerza. Cuando los abrió volvían a brillarle con intensidad.

—Se me había olvidado que para ti todo es un juego.

—Ser un playboy degenerado al que no le importa nada es un trabajo muy duro.

—He sido muy tonta al pensar que podríamos mantener una conversación madura. Lo único que...

—Convénceme.

–¿Qué?

La sorpresa de Sophia hizo que Luca sintiese una extraña satisfacción.

–Convénceme. Hazme una oferta irresistible.

¿Cómo iba a ofrecerle algo irresistible al hombre más bello del planeta? ¿A un hombre que no respetaba nada?

–Sería más fácil que encontrase un tesoro enterrado en mi jardín –respondió ella en tono melancólico.

–Entonces, bésame.

–¿Qué?

Sophia se frotó las sienes, consternada al darse cuenta de que Luca la convertía en una idiota que no sabía ni hablar.

–Toca mis labios con los tuyos. Puedes apoyar las manos en mis hombros o en mis caderas o, si te sientes atrevida, puedes agarrarme del trasero...

–¿Qué? ¿Por qué?

Los años en el club de debate no le sirvieron de nada, su cerebro solo le ofrecía *qués* y *porqués*.

–Ese debería ser el primer paso para que una pareja considerase el matrimonio, ¿no? Yo no podría casarme jamás con una mujer que no supiese besar.

«No mires su boca», se advirtió Sophia.

–Es evidente que solo me estás torturando, que ni siquiera vas a considerarlo y...

Lo miró a los labios y tuvo que humedecerse los suyos, lo que le hizo sonreír. Ella apartó la mirada.

–Tienes a tu amante esperándote en la cama y...

–Si hubieses prestado atención en vez de estar perdiendo el tiempo conmigo...

Sophia apretó los puños, Luca tenía razón.

–Sabrías que Mariana y yo hemos terminado.

–¡Pero si acabas de decir que la has dejado agotada! –exclamó ella–. Lo has dicho solo para molestarme, ¿verdad? En realidad no te ha dado tiempo...

–La verdad es que no necesito mucho tiempo para agotar a una amante.

–¿Dónde está? –inquirió Sophia.

–Es un peso pluma y yo no he dejado de darle de beber. Su marido se está divorciando de ella, que es lo que Mariana quería, pero la situación la ha puesto un poco sensible. No podía... echarla de la fiesta en semejante estado.

–No, por supuesto que no. Todas te adoran incluso cuando terminas con ellas.

«Salvo tú», pensó Luca, sintiendo una especie de punzada en el pecho.

–Tú también puedes adorarme, *cara*. Nadie tendría por qué saberlo.

Ella resopló y él se echó a reír.

–No creo que necesites más admiradoras, secretas o no. Y no tengo intención de besarte.

Sus labios, rosados y generosos, eran el único rasgo de su rostro que era suave y vulnerable. Y que traicionaba a aquella mujer dura como el acero, seria.

Luca deseó besarla desesperadamente, probar su pasión. Un beso no le haría daño a nadie. Era ella la que lo había arrinconado, la que le había metido ideas raras en la cabeza, la que se había puesto un vestido ajustado.

–¿Cómo pretendes que piense que no me estás gastando una broma con esa propuesta? ¿Es una venganza? ¿O pretendes que me enamore de ti para después dejarme plantado en el altar? Quizá...

Ella se echó a reír, rio de verdad.

Y Luca la deseó todavía más.

–¿Qué es lo que te resulta tan gracioso?

–¿Tú, enamorarte? ¿De mí?

–Todo el mundo da por hecho que Sophia Rossi es dura, valiente, capaz de conseguir cualquier reto. Yo soy el único que sabe que en realidad eres una cobarde.

Ella lo miró furiosa y se acercó. Luca no supo si le iba a dar una bofetada o si lo iba a besar. Ninguna otra mujer creaba misterio como aquella. Ninguna otra mujer lo había excitado tanto.

Sophia lo agarró de la camisa y lo acercó a ella.

–A mí nadie me llama cobarde, eres un cerdo manipulador.

Casi no le llegaba al pecho y su cuerpo era curvilíneo. Se apoyó en sus hombros, se puso de puntillas y apoyó todo su cuerpo en el de él. Y lo besó.

Luca sintió calor en la piel, clavó los dedos en su suave piel.

Y ella gimió y se quedó parada un instante. Suspiró y volvió a besarlo.

Sus ojos marrones lo miraron y el mundo se detuvo. Sin apartar la vista, Sophia inclinó la cabeza y recorrió sus labios, de una comisura a la otra, a besos.

Tomó el control del beso como lo hacía con todo lo demás.

Y Luca se lo permitió.

Sintió que le ardían las venas cuando ella le pasó la lengua por los labios. Él, desesperado, los separó.

Contuvo las ganas de tomar las riendas del beso, permitió que Sophia lo sedujera. Y ella lo hizo.

Luca jamás se había excitado tanto con tan solo un beso.

El sonido de pasos a sus espaldas hizo que Sophia volviese a la realidad.

Sus labios sabían a Luca, su cuerpo temblaba de deseo insatisfecho. El vello de las muñecas de Luca le acariciaba las palmas de las manos.

Pero ella se sentía exultante. Quería gritar. Quería pedirle que la llevase a su dormitorio, que apagase la luz y... no, en su dormitorio, no. No en el lugar en el que Luca debía de haber hecho el amor con muchas otras amantes, a cada cual más guapa y delgada. Tal vez pudiesen esconderse en la terraza y seguir besándose un poco más.

Sophia fingiría que Luca no le había roto nunca el corazón y que la deseaba tanto como ella a él.

Porque cuando Luca la besaba ella sentía que viajaba a una tierra lejana. Una tierra en la que era lo suficientemente fuerte para ser débil, en la que podía permitir que la cuidasen, en la que no se preocupaba por su familia, en la que no la ridiculizaban por lo que era.

En la que no tenía que persuadir a un hombre como Luca de que sedujese a una mujer como ella...

Enterró el rostro en su pecho. Notó los latidos de su corazón en la mejilla. Estaba caliente y era muy masculino y ambas cosas le resultaron emocionantes y reconfortantes. No se había dado cuenta hasta entonces de que había echado de menos aquello.

No pudo sentirse enfadada por el beso. Ni con él ni con ella misma.

Él pasó las manos por sus caderas.

—Me gustaría que nos volviésemos a besar, pero voy a mantener mi palabra —le dijo—. Dime, ¿por qué quieres...?

De repente, alguien apoyó una mano en su hombro y la apartó de sus brazos, la hizo girarse.

—¡No, Tina! —gritó Luca.

Sophia no lo vio venir. Alguien la golpeó. Con fuerza.

Sintió dolor en la mandíbula, y en el oído. Las lágrimas le nublaron la visión y parpadeó para aclarársela. Respiró hondo y levantó la vista.

Valentina, hermana de Luca y esposa de Kairos estaba delante de ella.

—¡Eres... eres una fresca!

Sophia arqueó una ceja, se negó a mostrar su desaliento.

—¿Una fresca, de verdad?

Su compostura enfadó a la otra mujer todavía más.

—¿Estás decidida a pasar por todos los hombres de la familia? ¿Primero Kairos y ahora Luca? Y pensar que sentí pena por ti cuando Leandro rompió vuestro compromiso.

—¡Basta, Tina! —repitió Luca, rodeando a Sophia por los hombros, con el ceño fruncido.

Y esta sintió que se apoyaba en su cuerpo, muy a su pesar.

–¿Sabes lo que se rumorea de Kairos y ella? –inquirió Tina con los ojos llenos de lágrimas.

–Si los rumores son ciertos, ve a enfrentarte a tu marido, Tina.

–Muy bien, cae en sus garras. Así tal vez deje en paz a mi marido –dijo Valentina, mirándola de arriba abajo–. Aunque no entiendo qué le veis.

Sophia se apartó de Luca y se pasó la mano por la mejilla.

Luca la agarró de nuevo, ella intentó alejarlo.

Al final ganó él. Sophia tragó saliva. Él le puso los dedos en la barbilla y le examinó el rostro.

–Lo siento. Mi hermana no tiene ningún derecho a comportarse así.

Luca apretó los labios. Su actitud ya no era encantadora ni graciosa.

Sophia esperó la inevitable pregunta acerca de Karios, pero esta no llegó. Tenía que admitir que Luca nunca había sido un hipócrita.

–No tenía que haberse casado con Kairos.

Sophia frunció el ceño, pero él no dijo más.

–Kairos puede ser difícil de... –empezó ella, pero vio que Luca arqueaba una ceja y terminó–: difícil de entender.

–¿Te da pena mi hermana? –le preguntó él, sorprendido.

Sophia se encogió de hombros. A pesar de que le dolía la mejilla y todavía más el comentario despectivo acerca de su imagen, había visto vulnerabilidad en la mirada de Valentina. Kairos era un hombre de corazón frío.

Deseó poder decirle a Valentina que ningún hombre merecía que una mujer dudase de sí misma.

Se sintió enfadada con Kairos, que se suponía que era su amigo. ¿Por qué no había intentado tranquilizar a Valentina en vez de utilizarla a ella para guardar las distancias con su esposa?

—Es evidente que lo que he propuesto es una idea horrible. Olvídala.

Y sin esperar la respuesta de Luca, se dio media vuelta y se alejó.

En esos momentos odiaba a todos los hombres.

A Antonio, por haberle metido aquella horrible idea en la cabeza, por haber utilizado su desesperación en beneficio propio.

A Kairos, por haber utilizado su amistad como barrera contra su propia esposa.

A Salvatore, por no haberle dado nunca una oportunidad en la empresa.

Y, sobre todo, al hombre que había a sus espaldas, por haberla besado como si la desease de verdad. Entonces y diez años antes. Por hacer que lo desease tanto, por hacer que se sintiese débil, por hacerla imaginar, aunque fuese por un segundo, que podía ser todas las cosas que no sería jamás.

Capítulo 3

LUCA se pasó la mañana con Huang, del equipo de diseño de Conti Luxury Goods, estudiando el prototipo de unos tacones nuevos para la colección de primavera.

Llevaba trabajando con Huang casi diez años, desde que Leandro lo había convencido de que formase parte de la empresa. Luca solo interactuaba con Huang y este, a su vez, estaba en relación con el resto del equipo.

Había sido un reto trabajar en aquel tacón, pero ya había terminado. El equipo de producción se ocuparía del resto.

Sintió una inquietud que le era muy familiar. ¿Qué iba a hacer después? Le vino a la cabeza la propuesta que Sophia le había hecho el viernes.

Era un reto y era divertido. Sophia lo odiaba, y tenía todo el derecho, pero seguía sintiéndose atraída por él. Su beso tenía que haber sido solo uno más, ella, una más, pero todavía lo recordaba y lo cierto era que deseaba más.

Dado que no tenía intención de tener nada más con Sophia, pensó que necesitaba a otra mujer. Para olvidarla y para olvidar sus besos y que no tenía lugar en su vida.

Estaba ya en la puerta cuando Huang le preguntó:

–¿No vas a esperar?

–¿El qué?

–Veo que no lo sabes –le dijo Huang, poniéndose serio porque estaba al corriente de la primera pelea entre Leandro y Luca, todo el mundo hablaba de ello en el trabajo–. Tu hermano está hoy en la reunión de la junta.

–Normal, es el director general, Huang.

–Se rumorea que va a anunciar algo importante.

Luca se quedó inmóvil.

Su hermano aseguraba haber cambiado, que lamentaba haber hecho que Tina se casase con Kairos, engañándola aunque su intención fuese buena. Pero lo cierto era que Leandro nunca hacía nada sin tener un motivo. Necesitaba controlarlo todo, y a todos, a su alrededor.

Había muchos destinos en manos de Leandro. Incluidos el de Salvatore y el de Sophia.

«Los problemas de esta no son los tuyos».

Pero tenía curiosidad por ver hasta dónde estaba dispuesta a llegar Sophia. Así que esperó. Esperó porque Sophia era un soplo de aire fresco, fresco y estimulante, en su aburrida vida.

Leandro había dimitido como director general de la junta de CLG.

Dos horas y miles de pensamientos después, Luca todavía no se había recuperado de la sorpresa. Durante años, Luca solo había pensado en el trabajo. Kairos, su cuñado, sería el principal candidato a ocupar su puesto.

¿Para qué querría el despiadado y ambicioso Kairos a su hermana cuando consiguiese aquello?

Con aquello en mente, Luca entró sin llamar al despacho de su hermano.

Kairos estaba allí, en el despacho de Leandro, con las manos apoyadas en los hombros de Sophia.

Luca sintió celos. Se puso furioso. En un intento de controlar sus emociones, se quedó en la puerta. La pregunta que se había negado a hacer, porque pensaba que Sophia no se comportaba así, incluso después de las acusaciones de Tina, le retumbó en la mente.

¿Cómo de bien conocía Sophia a Kairos?

El modo en que se estaban hablando, entre susurros, la actitud de ambos, hacía pensar que tenían algo más que una aventura, algo mucho más peligroso.

No era posible que él fuese el único hombre del mundo que se hubiese dado cuenta de la valía de Sophia, el único que quisiese hacerla suya. ¿Querría Kairos más, él también?

Aunque no tuviesen una aventura era evidente que Sophia tenía con Kairos algo que Tina jamás podría alcanzar.

A Luca no le había gustado la idea de que su hermana se casase con aquel hombre desde el principio, pero no había dicho nada porque la había visto ilusionada. Incluso en esos momentos, su instinto quería que Kairos se convirtiese en director general para que aquel tipo despiadado y artero terminase con su matrimonio cuanto antes.

Lo único que lo contenía en esos momentos era las lágrimas que había visto en los ojos de su hermana en la fiesta.

Era Leandro el que había llevado a Tina a vivir con ellos tras la muerte de su madre, pero había sido Luca el que siempre la había hecho reír, el que se había ganado su confianza antes.

Tina lo quería de manera incondicional y era fundamental para él, como lo había sido Leandro durante muchos años.

Se pasó una mano por el pelo.

Si existía una posibilidad de salvar el matrimonio de Tina y Kairos, tenía que aceptarla. Tenía que confiar en que Leandro había hecho lo correcto al decidir que Kairos era el hombre adecuado para Tina.

Para ello tendría que empezar por sentarse él en la junta.

Para continuar...

La siguiente solución le hizo sentir pánico.

De todas las mujeres del mundo, Sophia era la última con la que querría casarse. Había demostrado ser peligrosa para su paz interior ya con diecinueve años. En esos momentos era toda una fuerza de la naturaleza.

–¿Nos prestas tu... oficina, Kairos? –preguntó Luca, interrumpiendo la nauseabunda escena–. Sophia y yo tenemos algo importante de lo que hablar.

–No permitiré que abuses de ella.

–¿Por qué no te preocupas más por mi hermana? Tu esposa, por cierto –replicó él.

Kairos volvió a apretar cariñosamente los hombros de Sophia antes de marcharse.

–Qué escena tan tierna –comentó Luca en tono irónico, apoyándose en la puerta cerrada–. Supongo que se ha enterado de lo que hizo Tina.

Ella se puso tensa y lo fulminó con la mirada.

–Yo no se lo he contado. He venido a pedirle que aclare el malentendido.

Como siempre, iba vestida con un vestido de lino negro que le llegaba justo por debajo de las rodillas y que enfatizaba la voluptuosidad de sus curvas de mujer. Si su intención era ocultar aquel cuerpo exquisito con vestidos severos, fracasaba estrepitosamente.

Lo único que hacía con aquellos vestidos era mostrar su falta de gusto y de estilo. Y de feminidad.

Luca deseó romper aquel vestido y cubrirla de sedas, descubrir su piel satinada y suave, que ya había probado en una ocasión y hacerle...

–¿Luca?

Él se maldijo. Solo llevaba dos minutos en la misma habitación que Sophia y solo podía pensar en una cosa.

–¿Qué le ha parecido la propuesta que me hiciste el otro día? ¿Debo sentirme halagado por haber sido el primero en recibirla? –preguntó, dándose cuenta al instante de lo lamentables que eran sus palabras.

Ella se puso tensa y él se alegró de haber conseguido molestarla.

–No –respondió Sophia, mirándolo fijamente a los ojos–. Tú eres el único al que se lo he propuesto. Y, antes de que hagas otra pregunta igual de fea, te diré que no, no le he propuesto a Kairos nada ilícito.

Tomó aire y continuó.

–No me acuesto con hombres casados. Mucho menos con un amigo casado. Y mucho menos con un hombre que ya me pidió que me casase con él y yo rechacé.

Aquello sorprendió a Luca. De repente, lo entendió.

Kairos había querido casarse con Sophia y con Rossi Leather, pero cuando esta le había dicho que no, él había puesto el punto de mira en Tina y en la junta de Conti, con la bendición de Leandro.

Y en esos momentos, su querido cuñado debía de querer su parte del pastel...

No soportó la idea de saber que el matrimonio de Tina estaba en peligro.

Sophia se puso el bolso al hombro y se miró el reloj.

–Si me perdonas, tengo que declararme a un montón de hombres, chantajearlos y extorsionarlos para salvar la empresa de mi familia.

–Quiero que hablemos de tu propuesta.

–No. Pensé que poseías algo de decencia, pero ya veo que eres lo horrible que he pensado que eras durante todos estos años.

–Hablo en serio, Sophia.

A ella le brillaron los ojos. Luca nunca había conocido a una mujer que trabajase tanto, que se esforzase tanto incluso después de que le negasen las oportunidades que merecía.

Era fuerte y resistente y, al mismo tiempo, Luca sabía mejor que nadie que era vulnerable. Era normal que lo fascinase.

Sophia miró a Luca e intentó adivinar su estado anímico. Intentó olvidar su sabor, que todavía tenía en los labios.

Aunque sabía que le habría sido más fácil olvidarse de cómo respirar. Llevaba una semana sin dormir bien, tocándose los labios, como si pudiese volver a invocar aquella sensación.

Pasándose la mano por los pechos y bajando desde allí. Imaginándose los dedos de Luca acariciándola, dándole lo que solo él le podía dar.

Esa mañana iba vestido con un jersey gris con cuello en V y pantalones vaqueros negros. Llevaba una barba de tres días y tenía ojeras. Su aspecto era exactamente el de lo que era: un atractivo playboy con una larga noche a sus espaldas.

—¿Sophia?

Ella se sobresaltó. Notó que le ardían las mejillas. ¿De verdad quería escuchar Luca su propuesta?

—He oído que Leandro y tú estáis enfadados.

—Sí —respondió él, pasando la mano por el borde de la mesa.

Y Sophia supo que aquello era algo que lo incomodaba.

—Con la dimisión de Leandro, tu voto podría ser decisivo en muchos aspectos.

—Por ejemplo, a la hora de decidir si se vende Rossi Leather por partes.

Ella asintió, ocultando su sorpresa. Teniendo en cuenta que era un playboy caprichoso, Luca había entendido enseguida cuál era la situación.

—Te gusta vivir bien. Estás acostumbrado a vestir trajes de Armani, a tu piso en el centro de Milán, al Maserati y a estar con muchas mujeres, ¿verdad? —comentó ella.

Luca suspiró, le brillaban los ojos, parecía divertirle la conversación.

–Ya sabes que sí, que me da miedo perder todo eso. No pensé que Leandro hablaba en serio cuando amenazó con mandarlo todo al infierno.

–Si me das los derechos necesarios, yo haré todo lo que Leandro ha hecho por ti estos años. Te representaré en la junta y cuidaré tus intereses en CLG. No tendrás que mover ni un dedo.

–¿Y qué quieres a cambio?

–Si nos casamos, mi padrastro accederá a que Rossi esté bajo el amparo de CLG. Hasta ahora se ha resistido a ello porque piensa que al final se quedará sin nada.

–*Dio*, los viejos y su obsesión con las herencias. Entonces, esto no tiene nada que ver con los planes de Kairos.

–¿Qué?

Él se encogió de hombros.

–Tenía sentido. Kairos decide que te cases conmigo para que me puedas tener a tu merced y, en consecuencia, para conseguir mi voto cuando se presente a director general.

–Eso sería demasiado enrevesado incluso para él. Además, el plan tiene un defecto, que sea yo, de entre todas las mujeres, la que te tenga... bajo mi control.

–Nunca podría casarme con alguien que no hiciese uso de sus armas de mujer.

–Otro motivo por el que esto es una locura.

Luca la miró, pensativo.

–Si tanta confianza tienes en el cerdo de Kairos, ¿por qué no aceptas su ayuda?

–Luca, ¿qué problema tienes con Kairos?

–Tiene demasiadas ansias de poder. Lo que significa que está dispuesto a cualquier cosa para conseguirlo.

–Sí, la verdad es que es terrible que Kairos sea tan ambicioso, cuando podría dedicarse a ir de mujer en mujer, en una búsqueda eterna de placer.

–¿Por qué no te ayuda él con Rossi?

–Me ha ofrecido su ayuda, pero no me gusta la solución que me propone. Todo el mundo, incluido Kairos, tiene una idea acerca de qué hacer con Rossi Leather, pero nadie piensa en lo que en realidad es mejor para la empresa o para mi familia. Y los problemas que tenemos no se pueden solucionar solo con dinero. Salvatore volvería a llevar a la empresa a la misma situación en un año. Nadie puede ayudarnos.

Ni siquiera Antonio.

En el momento en que ella no hiciese exactamente lo que Antonio le pidiese, que podría incluir tareas tan imposibles como la de domesticar a la bestia que tenía delante, Antonio le apretaría las tuercas. Amenazaría a Rossi Leather o le retiraría su apoyo.

–El único modo de asegurar que no volvemos a hundirnos –admitió Sophia con gesto de derrota–, es que yo tome las riendas.

–Y pensabas que Leandro se habría dado cuenta de lo lista y eficaz que eres y te habría dado las riendas. Por eso querías casarte con él.

–Siempre me ha parecido un hombre justo, con principios.

A Luca le molestó que Sophia hablase de su hermano con confianza y admiración.

Nunca había lamentado haber heredado él solo, y no Leandro, lo peor de su padre: la belleza, la genialidad y tal vez la locura. No obstante, en ese momento envidió a su hermano.

–¿Te habrías casado con él, habrías compartido su cama? –le preguntó a Sophia en tono furioso–. Después de lo nuestro...

Ella se ruborizó.

–Rossi necesita una profunda reforma, cinco años para volver a una situación estable. Leandro me habría dado esa oportunidad.

Luca maldijo en silencio a la maldita empresa del padrastro de Sophia. Era lo único que le importaba a esta.

–No me cabe la menor duda de que lo conseguirás antes. Y harás que Rossi sea mejor que nunca.

Aquello sorprendió a Sophia, se sintió aturdida.

–¿Qué?

–Llevas diez años con la misma cantinela, con tus planes para Rossi Leather. Ponte manos a la obra de una vez, Sophia.

Ella procesó sus palabras lentamente. Sintió calor en los ojos. Le dolía la cabeza.

No pudo creer que Luca confiase en ella ciegamente, que tuviese tan claro que podía conseguir que Rossi Leather fuese mejor que nunca.

Se sintió feliz.

Él se acercó y, por una vez, Sophia no pudo retroceder.

–¿Sophia?

–¿Umm?

–Llevas diez segundos sin respirar y me estás sonriendo como si fuese tu persona favorita del mundo. ¿No te estarás muriendo? –le preguntó Luca, mirándola fijamente–. Ahora que lo pienso, creo que has perdido peso, y estás ojerosa.

Ella puso los brazos en jarras. Un poco más y sus pechos tocarían el de él. Sus piernas se entrelazarían y...

–¿No será que quieres hacer el amor por última vez antes de morir, no? –le preguntó Luca–. Porque, *cara mia*, para eso no hace falta que nos casemos. Solo tienes que pedírmelo y yo estaré encantado de demostrarte lo divertido que es.

Sophia se preguntó cuándo había sido la última vez que se había divertido.

–No me estoy muriendo.

–A pesar de que eso resolvería muchos de mis problemas, me alegra saberlo. Te daré tres meses de matrimonio.

Sophia no podía creer que Luca estuviese accediendo a una propuesta que ella le había hecho fruto de la desesperación. Parecía haberlo decidido como el que decidía ir o no a una fiesta. O con qué mujer pasar una noche. Y lo peor era que su propio cuerpo había revivido con la idea de estar cerca de él. Tres meses casada con él... Sería su salvación y también su ruina.

–¿Por qué vas a ayudarme?

–En primer lugar, para fastidiarle los planes a mi cuñado. Y en segundo, porque odio trabajar, como tú bien has señalado.

A ella se le cayó el corazón a los pies.

–¿Lo haces para que Kairos y yo nos enfrentemos? Ya te he dicho que no me estoy acostando con él.

–Pero un poco de distancia no os hará ningún mal. Además, sin Leandro, ¿quién mejor que mi esposa para mirar por mis intereses en la junta? Ambos conseguiremos lo que queremos.

–¿Qué me estás prometiendo exactamente?

–No podrás sacar del pozo a Rossi en tres meses, pero será un comienzo, ¿no? –le dijo él, sonriendo–. Quiero darte lo que quieres, Sophia. Y un par de cosas más que no te atreves a pedirme.

Ella se ruborizó. Tenía el corazón tan acelerado que pensó que se le iba a salir del pecho.

–Tu arrogancia es asombrosa.

–¿Arrogancia, *bella mia*? Solo expongo los hechos. Ya sabes cómo vas a terminar.

Sophia sintió calor.

–No... no quiero volver a acostarme contigo.

–¿Quién ha hablado de acostarse? Lo único que tienes que hacer es no enamorarte de mí –añadió Luca sonriendo.

–Ya no soy tan ingenua ni tan idiota –replicó ella, convencida de que evitaría esa trampa.

Luca era irresistible, pero ella tendría los ojos bien abiertos.

El amor no era para ella. Sophia se había dado cuenta gracias a Luca. Odiaba perder el control sobre su propia felicidad, sobre su estado de ánimo, sobre su autoestima. En un momento dado, Luca le había quitado todo aquello.

Y no quería volver a sentirse vulnerable jamás.

Él fue hasta la puerta, tomó el pomo y se giró a mirarla.

–¿Tomas precauciones?

No podía referirse a lo que Sophia estaba pensando.

—¿Te refieres a si tengo guardaespaldas?

Luca sonrió y ella deseó darle una bofetada.

—No, me refiero a si tomas la píldora.

—Eso no es...

Luca se movió tan rápidamente que a Sophia no le dio tiempo ni a parpadear. El calor de su cuerpo le acarició la piel. Y ella respondió solo para evitar que se acercase más.

—Sí, tomo la píldora, pero no creo que eso te importe.

Él le apartó un mechón de pelo de la frente. El mechón rebelde que jamás se quedaba hacia atrás.

—Bien.

Sophia no pudo evitar sentir deseo.

—Has tenido... muchas amantes. Así que yo no...

—Estoy limpio —dijo él antes de marcharse.

Sophia se quedó mirando fijamente a la puerta, con las rodillas temblorosas. Se cubrió el rostro con ambas manos y se apoyó en el escritorio.

Luca Conti iba a casarse con ella. De todos los hombres del mundo, tenía que ser él. Serían tres meses que cambiarían el curso del resto de su vida, estaba segura.

Pero solo había una cosa que la obsesionaba.

Que, durante tres meses, podría besarlo todo lo que quisiera.

Capítulo 4

LUCA, con siete años, había sabido lo que era el rechazo gracias a su madre. Había tenido fuertes dolores de cabeza, insomnio, y todo había ido a peor justo antes de la pubertad.

Había tenido sexo por primera vez con diecisiete años, con una mujer una década mayor. En realidad no había querido sexo, sino que la mujer lo abrazase, sentirse menos solo por una noche.

Pero lo había hecho siendo consciente de que se prostituía, se prostituía por un poco de cariño.

No hacía falta estudiar psiquiatría para darse cuenta de aquello.

Cuando Leandro lo había encontrado sentado en el suelo de la habitación de hotel, porque siempre lo buscaba, por mucho que él se escondiese, lo había mirado con comprensión y paciencia, y con aquel amor con el que siempre justificaba el meterse en la vida de sus hermanos. Y Luca se lo había contado todo y había prometido que no volvería a caer tan bajo, jamás.

Que no volvería a perder el control.

Y, en cierto modo, lo había conseguido.

En vez de luchar contra el insomnio y la energía, se había metido en todo lo que podía abarcar. Había estudiado como un loco y había aprendido todo lo que se había propuesto. Se había convertido en una esponja humana.

Y cuando le había dicho a Leandro que quería intentar algo nuevo, su hermano siempre se había limitado a sonreír y a suspirar.

Arte e historia, matemáticas y astronomía. Nada había conseguido calmar su inquietud interna. Solo la música lo tranquilizaba un poco.

Cuando Tina había ido a vivir con ellos, le había hecho vestidos para una muñeca de madera. Y entonces se había dado cuenta de que le encantaba crear y diseñar. Por eso había empezado a trabajar con Lin Huang, el director creativo de Conti Luxury Goods.

A lo largo de los años, había logrado cierto equilibrio. Escribía música durante horas, trabajaba en CLG y en otros proyectos propios, y sobrevivía con poco más de una hora de sueño al día. Y luego pasaba días bebiendo, de fiesta, en la cama con mujeres. Divirtiéndose a costa de otros.

Por suerte, había descubierto que le gustaba el sexo sin más, sin sentir que se prostituía a cambio de cariño.

Pero había encontrado una piedra en el camino diez años antes, con Sophia.

Esta había sido la única cosa verdadera que había habido en su vida, y Luca se había dejado llevar.

Luca salió de la ducha y se miró en el espejo.

Miró más allá de la perfección de su rostro, un rostro que llevaba años odiando, más allá de la máscara que mostraba al mundo.

Estaba haciendo aquello por Sophia.

Lo hacía porque quería pasar tres meses con ella.

Quería tenerla cerca, estar dentro de ella. Quería despertar la pasión que Sophia llevaba dentro.

Quería liberarla de la jaula en la que ella sola se había metido.

Pero Sophia lo conocía, sabía de lo que era incapaz. Ya no era la chica inocente que confundía la atracción y el deseo con otra cosa. Aquel no era un matrimonio como el de sus padres.

Por primera y única vez en la vida, el indulgente y libertino playboy en el que se había convertido iba a tener lo que de verdad quería. E iba a disfrutarlo.

Además, prepararía a Sophia para el resto de su vida y cumpliría con su parte para proteger el matrimonio de Tina.

Te espero el lunes a las diez de la mañana en el Palazzo Reale. No te vistas de negro.

Los mensajes llegaron el sábado por la noche, una semana después de que Luca la hubiese arrinconado en el despacho de CLG. Sophia se atragantó con la sopa.

Pero consiguió que su familia no se diese cuenta de nada.

Se había pasado toda la semana en tensión. Preguntándose si la escena había sido imaginación suya, si se había engañado al pensar que Luca le había propuesto que se casasen.

El lunes por la mañana esperó en las escaleras del antiguo edificio, intentando ignorar las miradas de curiosidad de la gente que entraba y salía.

Se pasó una mano por el vestido, el único un poco arreglado que tenía que no fuese negro. Era marrón claro, y encima se había puesto un jersey de cachemir color crema porque era noviembre y hacía frío.

El vestido, que había comprado varios meses antes por impulso, tenía las mangas muy cortas, botones en el body y la falda con vuelo por encima de la rodilla.

La vendedora le había asegurado que la hacía parecer más alta y esbelta.

Pero esa mañana, al mirarse al espejo, Sophia no se había visto ni alta ni esbelta.

Pero lo peor era que el vestido, que le había quedado impecable al comprarlo, en esos momentos le quedaba amplio.

Sophia había decidido hacer una locura y se había subido a sus zapatos de tacón morados de Conti.

Después le dolerían los pies, pero le daba igual.

Se había recogido el pelo rebelde en una trenza y se había puesto un poco de brillo en los labios.

Después se había tomado dos tazas de café y una barrita de proteínas.

Cuando quiso darse cuenta eran las diez y cuarto. Ya había estado esperando a Luca así, diez años antes. En su dormitorio, en su cama. En ropa interior, aunque tapada con la sábana hasta la barbilla.

Había estado esperando a que Luca volviese para decirle que estaba enamorada de él.

Pero este no se había presentado. En su lugar había aparecido Marco Sorcelini, con gesto lascivo y teléfono móvil en mano. Le había hecho una fotografía y después le había dicho que se vistiese y se marchase a casa...

Porque Luca Conti había ganado la apuesta.

¿Por qué si no habría seducido a una mujer como ella?, había añadido Marco. No era ni guapa ni dócil, y demasiado inteligente para su propio bien.

Ella se había levantado y le había dado un puñetazo en la nariz. Y después había pasado meses aterrorizada, pensando en que la fotografía pudiese pasar de teléfono en teléfono.

Pero eso no había ocurrido.

Había sido el peor momento de su vida y se estaba repitiendo. En esa ocasión había puesto en manos de Luca el futuro de toda su familia.

Once menos veinte. Sophia se sintió frustrada y furiosa. Se dijo que era una tonta por haber confiado en él aun sabiendo que a Luca no le importaba nada ni nadie.

Estaba bajando las escaleras cuando una enorme moto se detuvo delante de ella.

Vestido con chaqueta de cuero negra y sonriendo encantadoramente, Luca se bajó de ella y dejó que el aparcacoches se la guardase.

Se acercó a donde estaba Sophia, la miró de arriba abajo y le dijo:

—Ese vestido no solo es feo, sino que te queda grande. Y el color no te favorece más que el negro. Tendrás que mejorar este aspecto si quieres que todo el mundo piense que estamos enamorados. Y yo no necesito incentivos extra para arrancarte la ropa.

Sophia, que tenía el teléfono en la mano, contó hasta diez.

—Llegas tarde. Cincuenta y cinco minutos tarde. Y... estás horrible. Te he mandado mensajes, te he llamado millones de veces. No me has respondido.

–Me he quedado dormido.

–¿Te has quedado dormido?

–Me he acostado de madrugada. Y no quería aparecer aquí sin duchar y sin afeitar.

–¿Tuviste que salir de fiesta anoche?

–Todo este lío me pone nervioso.

Sophia no respondió a aquello. Por supuesto que el matrimonio lo ponía nervioso, debía de ser una tortura para él.

–¿Y por qué no has respondido a mis llamadas?

–Me he dejado el teléfono en alguna parte –respondió, agarrándola de los brazos–. Estás temblando.

Frunció el ceño, la miró de arriba abajo.

–Pensabas que no iba a venir –añadió en tono preocupado.

–Pensé que era otra broma, que iba a venir la prensa a hacerme fotografías para después reírse de mí.

Él se agarró el puente de la nariz, cerró los ojos y puso gesto de dolor.

–Son palabras muy duras. Yo nunca...

–Supongo que te estás burlando de mí. ¿Apostaste hace diez años a que me ibas a seducir?

–Sí.

–¿Te marchaste a París con otra chica sabiendo que yo te estaba esperando en la cama, desnuda?

Y recién perdida la virginidad, locamente enamorada.

–Sí.

–Entonces, está todo claro –le dijo con toda naturalidad, a pesar de lo mucho que le había dolido aquello.

Suspiró y levantó el teléfono.

—Al menos podías haberme mandado un mensaje diciéndome que habías cambiado de opinión.

Luca la agarró de la muñeca y miró su reloj.

—Vamos a casarnos en quince minutos.

—¿Qué? —pregunto Sophia con incredulidad—. No me habías dicho que íbamos a casarnos hoy.

—¿Por qué pensabas que te había pedido que vinieras?

—Para darme tus documentos. Yo he traído todos mis papeles.

—Una amiga mía se ha ocupado de todo.

—La hermana del alcalde, supongo.

Él apartó la mirada.

—¿Quieres que firme algún contrato? —le preguntó Sophia.

—¿Para qué?

—Un contrato prenupcial, Luca.

Sophia se dio la media vuelta y él la agarró de los hombros y suspiró. Su aliento le calentó la nuca. Su cuerpo no la tocó, pero la tentó.

Luca enterró la nariz en su pelo.

—¿A qué huele?

—A madreselva —susurró ella con voz ronca mientras se advertía que aquel era el defecto de Luca, intentar seducir siempre—. Lo compro por Internet a una pequeña empresa estadounidense.

—Pues le va a la perfección a tu piel —susurró él—. Estoy deseando descubrir si todo tu cuerpo huele igual.

Sophia sintió calor. Respiró hondo e intentó no apoyarse en el cuerpo fuerte de Luca.

Este olía a cuero y a almizcle, era un olor muy

masculino. Evocaba en ella sentimiento contrarios: placer y dolor; libertad y cautividad. Le hacía ser consciente de todas las cosas de las que se había privado como mujer. Si hubiese tenido un novio, si hubiese satisfecho las necesidades de su cuerpo, tal vez no se hubiese sentido tan vulnerable con él.

Sophia Conti, experta en autoengañarse.

—Es una pena que no vayas a averiguarlo —respondió por fin—. Por favor, dime que has hablado con tu abogado.

—No.

—Pues no podemos hacer esto como haces todo lo demás. Deberías hacerme firmar un contrato en el que ponga que lo que es tuyo seguirá siendo tuyo.

—Pensé que tú pensabas que no valgo nada.

—Seguro que tus acciones de CLG valen mucho.

Él se puso ligeramente tenso.

—Las acciones no me importan. Ni la empresa ni la herencia.

Sophia no lo había oído nunca hablar con tanto desdén.

—Es tuyo, Luca. Es lo que te ata a este lugar. ¿Cómo puedes... odiarlo?

Él se encogió de hombros.

—¿Por eso quieres estar al frente de Rossi? No permitas que el sentimiento de pertenencia se convierta en algo más importante que todo lo demás.

Ella se preguntó, alarmada, si era cierto que era su necesidad de sentir que pertenecía a su familia lo que la movía.

—Aparta las manos de mí —le dijo a Luca—. Me estás distrayendo.

Luca no dejaba de tocarla, incluso cuando estaba enfadada. Era como si tocarla fuese algo natural. Unas veces lo hacía de manera cariñosa, otras, provocadora. Siempre, como si necesitase aquella conexión física.

Era una de las cosas que a Sophia le habían encantado entonces... que la tocase.

Luca se echó a reír y siguió tocándola.

—Lo digo en serio, Luca. Cuando... nos separemos, no quiero acusaciones.

—¿Pretendes desvalijarme?

—Si lo hiciera, te serviría de lección.

—No podrías hacer nada que me perjudicase, *cara mia*. Salvo enamorarte de mí y sufrir.

—Eso es imposible —respondió ella, riendo de manera falsa.

—Entonces, estamos bien. Soy consciente de la confianza que estás depositando en mí. Es recíproca.

Sophia tenía que responder a aquello. Ni en sus peores pesadillas se habría imaginado a Luca Conti acudiendo a su rescate.

Apoyó una mano en su hombro, le acarició la nuca con un dedo.

—¿No te parece muy romántico, que nos casemos así, en secreto?

—Nadie que me conozca bien se lo creería.

Él metió un dedo por debajo de su vestido y le tocó la espalda.

—Ya, pero has ido a dar conmigo, que te he corrompido con mis besos, con mi encanto infinito y con mi irresistible atractivo. Te he hecho perder el sentido común, te he engatusado. Si lo piensas, es perfecto.

Ella se ruborizó. Bajó la vista a su horrible vestido. ¿Se habría puesto otra cosa si lo hubiese sabido? Lo cierto era que no tenía nada mejor en el armario, nada que pudiese estar a la altura de un vestido de novia.

Pero tanto mejor. Porque no iban a casarse porque se quisieran. Ni siquiera era un acuerdo de esos a los que llegaban a su alrededor personas de la alta sociedad. Solo tendría una duración de tres meses, como mucho.

Suspiró. Se giró.

—Vamos a casarnos.

Él sonrió y el sol iluminó su bonito rostro. A Sophia se le cortó la respiración. Se agarró a su brazo y subió las escaleras. Cuando se tambaleó, él la agarró por la cintura. Luca bajó la vista a sus pies.

Luego la miró a los ojos y se echó a reír a carcajadas.

Ella sonrió también.

—¿Qué?

—Voy a tomar unas tijeras y a cortarte esos pantalones negros que llevas siempre. No vas a volver a ocultar unas piernas así. No si yo puedo evitarlo.

Quince minutos después estaban casados, en una enorme habitación en la que entraba el sol por las ventanas, cubriéndolo todo de un brillo dorado. Cada vez que Sophia se movía, el diamante talla princesa brillaba en su dedo.

Le había sorprendido que Luca se acordara de los anillos, de ambos.

Ni siquiera la impersonal ceremonia civil pudo atenuar la trascendencia del momento.

Sophia no fue capaz de mirar a Luca a los ojos en toda la ceremonia. Ni a nadie más. Por miedo a descubrir que aquella era otra de sus bromas.

Por mucho que intentó no darle importancia al día, lo recordaría siempre. Sería su único día de boda.

Así que las imágenes que recordaría de aquella media hora incluirían muebles antiguos, pero estilosos, un tapiz del siglo XVII sobre una enorme pared, lujosas lámparas de araña, sillas cubiertas de brocados, espejos con marcos dorados en los que se reflejaban Luca y ella. Ella, bajita y sin gracia, con aquel vestido tan horrible que iba a quemar nada más salir de allí; y Luca, impresionante y un poco pícaro, vestido con camisa blanca y pantalones vaqueros negros que enfundaban su apretado trasero.

A pesar de ser una persona poco sentimental, a Sophia le impresionó aquel salón. Tres meses o un año después, o tal vez diez años más tarde, el salón seguiría allí, en el edificio que había sido testigo de su extraña boda.

Su boda... con el hombre al que no debía ni acercarse.

Les pidieron quince euros por las amonestaciones. Luca no los tenía.

—Mi esposa es la encargada de todos los asuntos financieros —comentó el muy granuja.

Fue una boda surrealista y extrañamente excéntrica. Era como si ambos fuesen cómplices de un juego temerario. Salvo que ella lo estaba arriesgando todo al confiar en Luca.

Su familia se iba a poner muy contenta, pero por los motivos equivocados. Era probable que Kairos no le volviese a hablar. La alta sociedad se reiría de ella. Ni siquiera Sophia podía creer que un hombre como Luca pudiese enamorarse de una mujer como ella. ¿Cómo se lo iban a creer los demás?

De repente, no pudo ni respirar, abrumada por lo que acababa de hacer. Estaba confiando en el único hombre en el que no debía confiar.

Como si le hubiese leído el pensamiento, Luca le puso un brazo alrededor de los hombros.

–Confía en ti misma, Sophia. Has tomado la decisión correcta.

Dos amigas de Luca, una que trabajaba en la Piazza del Duomo y la hermana del alcalde, ambas sus ex, firmaron como testigos. A ninguna de las dos pareció sorprenderles que el playboy de los Conti se casase con ella.

Así que se convirtió en Sophia Conti. Muy serio, Luca la abrazó y le dio un beso en la mejilla. No en los labios, cosa que la sorprendió, se suponía que había dicho que estaba deseando llevársela a la cama.

Fue una caricia tierna, casi cariñosa, que hizo que a Sophia se le hiciese un nudo en la garganta.

Se despidieron de las dos mujeres y salieron a la luz del sol. Hacía un precioso día de noviembre.

–Vamos –le dijo él, señalando su moto.

–No pienso subirme ahí con este vestido.

–No puedo dejar aquí a mi esposa. Sube, *cara mia*. Quiero llevarte a la sede de Conti antes de que todo el mundo se marche a comer. He oído que hoy se reúne la junta.

–¿Quieres ir a anunciar lo que hemos hecho? –preguntó ella con incredulidad.

–Así dicho parece que hayamos hecho una travesura. ¿Por qué no? Quiero ver la expresión de mi *nonno*. Y la de Kairos. Y la de Leandro.

Sophia no quería ver a ninguna de aquellas personas. Quería irse a casa y quedarse sola, enfrentándose a las emociones que la invadían en esos momentos e intentando procesarlas.

–¿Es necesario que los disgustemos?

–No tengas miedo, Sophia.

Era cierto, tenía miedo. Enfrentarse a todo el mundo como esposa de Luca Conti iba a ser todo un ejercicio de humillación y agonía, pero ella no era una cobarde. Con cierta dificultad, porque no quería enseñarle a Luca la ropa interior, se subió a la moto.

–*Dio mio*. ¿He visto encaje negro y unos ligueros? –preguntó él.

–¿Has mirado? No me digas que has mirado –comentó Sophia, indignada, dándole un golpe en el hombro y bajándose al suelo otra vez–. Eres... un demonio.

–¿No pensarás que tus horribles vestidos funcionan, verdad, Sophia?

–¿Qué?

–Tienes las curvas más deliciosas que he visto jamás en una mujer. Con esos vestidos solo consigues provocar más. ¿No te has preguntado nunca por qué todos esos idiotas hicieron la apuesta contigo hace diez años?

«Todos esos idiotas...». Luca hablaba como si no hubiese formado parte de aquello. Al parecer, tenía una memoria muy selectiva y una cara capaz de tentar a un santo.

Y ella nunca había sido una santa.

—Porque los ganaba en todos los exámenes. Porque les demostraba que era mejor que ellos en todo. Y porque no los consideraba príncipes azules, como el resto del mundo. Lo que querían era... verme humillada.

Sophia tragó saliva. Nunca había entendido que Luca hubiese participado en aquello.

—Todo es cierto, sí, pero también se sentían atraídos por ti. Pensaban que eras la chica más atractiva. Todos querían domarte.

—Se doma a los animales salvajes —susurró ella con voz tensa.

—No puedes cambiar el mundo, Sophia. Los hombres seguirán siendo hombres... infantiles, arrogantes e inseguros. No entendemos a las mujeres. Lo único que consigues odiando el mundo es sentirte mal tú.

—Así que es mejor quedarse parada y permitir que todo el mundo me dé palos hasta que me convierta en lo que quieren que sea.

Porque eso era lo que querían todos: su madre, Salvatore, Antonio, Kairos. Todos querían que aceptase los papeles que tenían previstos para ella.

—No, *cara*. Tú lucha como lo has hecho siempre. Vive. Cuenta tus victorias. Disfruta de lo que te hace sobresalir y restriégaselo por la nariz.

Ella sonrió, le gustó aquella idea.

—¿Y qué victorias son esas?

—Has convencido al hombre más guapo de Italia, probablemente de Europa, de que se case contigo. ¿No te parece una victoria?

Sophia se echó a reír. Luca la hacía reírse incluso de sí misma. Era como un rayo de sol en una cueva oscura.

Pero, a pesar de la risa, seguía en estado de shock y con un incómodo nudo en el estómago. Cada momento que pasaba con Luca se daba cuenta de que este no era como ella pensaba.

Veía y entendía mucho más de lo que todo el mundo pensaba.

—Eres preciosa, *cara mia*. Lo suficiente como para hacer que unos muchachos estúpidos tuvieran la crueldad de acercarse a ti.

Entonces, ¿por qué había participado él?

—Lo que tú digas, Luca. No me voy a enamorar de ti.

Él suspiró con dramatismo.

—Por supuesto que sí, *cara mia*. Y disfrutarás de cada minuto de la caída.

Sophia lo agarró por la cintura y él arrancó.

En dos segundos, el viento había deshecho su moño, le había levantado el vestido y tenía los pechos pegados a su espalda.

Pero, por un momento, Sophia pensó que no le importaba. De hecho, decidió disfrutarlo.

Decidió que estar pegada al hombre más sexy que había conocido podía considerarse una victoria.

Capítulo 5

CUALQUIER otra noticia no habría causado más sensación que ver llegar a Luca y a Sophia, agarrados del brazo a la sala de juntas de Conti, situada en el décimo piso.

–He pensado que debíais ser los primeros en conocer la buena noticia.

El abuelo de Luca, Antonio, se puso en pie al instante.

–¿Qué has hecho ahora? –inquirió.

–Sophia y yo nos hemos casado hace una hora.

–Si esta es una de tus bromas...

Luca lo interrumpió tirando el certificado de matrimonio encima de la mesa.

Diez pares de ojos miraron el papel y después a Sophia y a él.

Diez rostros, dos asistentes y ocho miembros de la junta, entre ellos Antonio y Kairos, miraron a Luca como si se hubiese vuelto loco.

El único que no parecía preocupado era su hermano, Leandro, pero eso no significaba que no lo estuviese. Luca sabía que su hermano sabía controlar muy bien sus emociones.

Entonces, Luca decidió que había llegado la hora de dar la segunda noticia:

–Dado que mi responsable hermano ha decidido abandonarme a mí y abandonar sus obligaciones ante esta junta, he decidido que era hora de reclamar mi sitio en la misma. Al fin y al cabo, también se trata de mi fortuna, ¿no? ¿Qué será de mi nivel de vida si no heredo? Tengo que proteger mis intereses, impulsar la empresa hacia la dirección en la que quiero que vaya.

Miró fijamente a Kairos, dejándole claras sus intenciones.

También fulminó con la mirada a los miembros de la junta que no habían impedido las fantochadas de su padre. ¿Cómo no se le había ocurrido aquello antes? Luca vio miedo y sorpresa en sus rostros. Les aterraba que se repitiese la historia, que fuese otro Enzo.

Él golpeó la superficie de la mesa de cristal con los nudillos, y dejó que se alargase el silencio.

Sophia se puso tensa a su lado, lo miró y le preguntó:

–¿Qué pasa? ¿Por qué todos...?

Él la hizo callar con un beso rápido, no pudo resistir la tentación.

No se había dado cuenta de lo maravilloso que podía ser el matrimonio hasta que no había visto juntos a Leandro y a Alex. Eso era algo que él tampoco tendría jamás, la conexión que existía entre su hermano y su cuñada.

Después de un instante, Sophia se apartó.

–¿No podías haber hecho esto en otro sitio?

–No –respondió él sonriendo–. Quiero que todos vean que te adoro.

Ella puso los ojos en blanco y Luca la apretó contra su costado.

Leandro suspiró. Era lo mismo que había hecho en tantas otras ocasiones cuando a Luca se le había ocurrido algo nuevo.

Más que enfadado, Leandro parecía divertido en aquella ocasión. Así que Luca sonrió, se sintió bien por primera vez en varios meses.

Su hermano había cambiado al enamorarse de Alex.

—No sabes prácticamente nada del negocio ni de la empresa. Y odias lidiar con... la gente, ¿recuerdas?

Luca sintió que Sophia se ponía tensa a su lado, que miraba a su hermano y después a él.

—He dicho que quiero adoptar un papel activo, no que vaya a hacer el trabajo.

Los miembros de la junta lo miraron con alivio y miedo al mismo tiempo. Uno de ellos fue capaz de preguntar.

—Entonces, ¿qué propones?

—Mi esposa, Sophia Conti, tomará todas las decisiones en mi nombre a partir de este día. Los abogados ya están preparando los documentos necesarios para ello.

Sophia, que seguía de piedra, lo miró y no se movió, y él le guiñó un ojo. Apoyó la mano en la curva de su cintura y la ayudó a sentarse en una silla que estaba vacía.

Después, se quedó a sus espaldas.

—Sophia tiene siete años de experiencia en Rossi Leather. Tiene un MBA y está especializada en gestión de riesgo y tendencias empresariales y marketing. A efectos legales, el cincuenta por cien de las acciones de Conti son suyas.

Todo el mundo se quedó sorprendido y Luca sintió, por primera vez en su vida, que había hecho algo bien.

Luca no le había dicho que iba a darle autoridad sobre sus acciones.

Eso no era lo que habían hablado. Sophia jamás había imaginado...

Ocho hombres, los más poderosos de la alta sociedad milanesa, la miraron como si se estuviesen preguntando qué había hecho para conseguir convencer, o manipular, a Luca de aquello.

Ella se preguntó si a Luca no le importaba lo más mínimo la empresa. O si tanto confiaba en ella.

La idea hizo que se le acelerase el corazón.

Consiguió sonreír y asentir, y aceptó las felicitaciones. Kairos ni siquiera la miró, salió de la sala de juntas en cuanto se hubo terminado la reunión.

Y Sophia entendió al menos una cosa. Luca odiaba, no, despreciaba a su abuelo. Algo sorprendente, teniendo en cuenta que parecía un hombre que no tenía ninguna preocupación en la vida y que no se implicaba profundamente con nadie.

La conversación de Leandro con este había sido civilizada. Los hermanos se querían.

Después de todo lo que había visto en aquella sala de juntas, Sophia ya no estaba tan segura de conocer al Conti demonio.

Lo que había vivido con él y lo que su instinto le decía eran puntos de vista completamente contrarios.

Iba a buscarlo cuando lo vio en el pasillo enmoquetado. Luca la condujo dentro de un pequeño salón, del tamaño de su propio dormitorio.

Las paredes y los sofás de cuero eran de color crema, y era una habitación muy distinta al resto del edificio. La luz de la tarde entraba por las altas ventanas, bañándolo todo de un brillo dorado.

Pero lo más sorprendente era que había un piano en un rincón.

Y en medio de toda aquella luz estaba Luca, cual ángel caído con sus pantalones vaqueros negros y la camisa blanca con el primer botón desabrochado, dejando ver el color moreno de su pecho. Se había quitado la chaqueta de cuero.

Nerviosa, Sophia se pasó las manos por las caderas y tragó saliva.

—¿Dónde estamos?

—Es el salón privado de mi hermano.

—Está insonorizado, ¿verdad?

—Sí. No me preguntes por qué.

Sophia miró de reojo la puerta, que Luca acababa de cerrar.

—¿Tienes una tarjeta para acceder a él?

—Sí. ¿Por qué te sorprende tanto?

—Pensé que tal vez esta fuese la primera vez que entrabas en el edificio.

Él sacudió la cabeza.

—No, vengo de vez en cuando. Hace años mi hermano se comportaba como todo un capataz. Lleva trabajando para la empresa desde que tenía dieciséis o diecisiete años. Y se negaba a dejarme solo en casa.

—¿Dónde estaban vuestros padres?

Lo único que recordaba Sophia era haber oído hablar de un escándalo en el que estaba envuelto su padre, Enzo Conti.

–Ausentes –respondió Luca, encogiéndose de hombros.

–Entonces... ¿Leandro preparó esta habitación para ti?

–Sí.

Ella miró a su alrededor, se fijó en las estanterías oscuras que llegaban al techo. A simple vista, había libros de arte, sobre el espacio y sobre la industria del cuero en Italia.

–Vaya, ¿todo esto para evitar que te metieses en líos?

–Mi hermano se toma sus responsabilidades muy en serio.

–¿Por qué los odias tanto?

Él se puso serio y Sophia supo que había metido el dedo en la llaga.

–¿No te vas a apartar de la puerta? –le preguntó él.

Luca estaba intentando distraerla. Si eso no funcionaba, le sonreiría. O la tocaría. O la besaría. Sophia estaba empezando a entender su manera de actuar. Se apartó de la puerta y se acercó a las estanterías. No eran libros para un niño y todos estaban bastante usados. ¿A quién pertenecían?

–Pensé que para ti todo era una broma. Sigo pensando que, en parte, lo es. Eres como Puck en el *Sueño de una noche de verano*.

–¿Un Puck guapo?

Ella no entró en la broma.

–Actúas y después te retiras para ver desde lejos

la explosión, pero lo que ha ocurrido en la sala de juntas ha sido algo más.

Se giró y se dio cuenta de que lo tenía muy cerca. Sintió ganas de tocarlo.

—Les has hecho pensar que ibas a formar parte de la junta y, durante unos minutos, todos esos viejos lobos parecían aterrorizados. Ha sido divertido.

—¿Viejos lobos? —repitió él, arqueando una ceja.

Sophia se encogió de hombros.

—¿Por qué viejos lobos?

—Huelen de lejos las debilidades de sus presas. Están al acecho y las cazan hasta que estas están agotadas. Los he visto hacerlo durante meses con Salvatore. Salvo Leandro, y Kairos, que tiene sus propios motivos. Tu abuelo es el líder de la manada.

—¿Te han asustado los lobos?

Sophia se estremeció.

—Sí, pero entonces me he recordado que me necesitan tanto como yo a ellos en este momento.

Luca se puso tenso un instante y Sophia supo que se había dado cuenta de que estaba empezando a conocerlo.

—¿Por qué te necesitan?

—Para acorralarte a ti. Para mantenerte entretenido y lejos de aquí.

Se frotó las sienes. Con Luca nada era sencillo.

Fue entonces cuando la tocó. Solo le rozó la barbilla con los dedos. Sophia dejó que la estantería se le clavase en la espalda, para mantenerse con los pies en la Tierra.

—¿Te he dicho alguna vez que me encanta que seas tan inteligente, *cara mia*?

Ella sintió calor en el vientre.

–No. Y es probable que seas el único.

–Sí –dijo él, con los ojos brillantes–. Y para demostrarte lo mucho que lo valoro, voy a darte un beso en esos labios tan carnosos.

Ella arqueó una ceja.

–Primero, explícame qué pasa.

–¿Soy el único al que excita tu autoritarismo?

Sophia volvió a sentir calor.

–Luca...

–Disfrutaban viendo cómo mi padre se descarrilaba. Ahora me miran a mí y se preguntan si voy a hacer lo mismo.

–¿Por qué?

–Porque soy su viva imagen. Mi padre robó a su propia empresa y utilizó su poder para aprovecharse de muchas mujeres y, en general, llevó la destrucción allá a donde iba. Estuvo a punto de hundir CLG y entonces, solo entonces, fue cuando interfirió Antonio. Metió a Leandro en la empresa y, juntos, echaron a Enzo de aquí en dos años.

Habló sin una entonación especial, en tono neutro, tan neutro, que Sophia se estremeció.

–¿Y qué fue de él? ¿De tu padre?

–Murió en la cárcel –respondió Luca con un brillo cruel en los ojos–. Así que Antonio está esperando, lleva años, a ver si yo también me autodestruyo. De vez en cuando hace un cambio de rumbo.

Ese era el motivo por el que la había acorralado a ella. Después del último escándalo de Luca, su aventura con la esposa del ministro, Antonio se había sentido desesperado.

¿Pero cómo era posible que alguien pensase que Luca acabaría siendo como su padre?

Ella no se imaginaba a Luca aprovechándose de la debilidad de nadie. No se lo imaginaba destrozándole la vida a nadie por maldad...

«¿Qué te hizo a ti hace diez años?», le susurró una vocecilla en su interior. «¿Qué hace a diario con su vida? En realidad, no lo conoces tanto».

—Tú...

—Me parece que ya hemos hablado bastante acerca de lobos sedientos de sangre.

Sophia intentó tranquilizar su respiración. Miró a todas partes, menos a él.

—¿Qué hacemos aquí?

—Vamos a celebrarlo, ¿no? —respondió Luca, mirándose el reloj—. Llevamos casados una mañana entera.

Fue entonces cuando Sophia vio que había una botella de champán puesta a enfriar y, al lado, una caja de trufas con un lazo.

«Te está seduciendo», le advirtió de nuevo la vocecilla en su interior.

Ella gimió. La boca ya se le estaba haciendo agua solo de pensar en el chocolate. Entonces recordó que en una ocasión le había dicho a Luca que sería capaz de vender su alma por unas trufas.

¿Era posible que se acordase, con todas las mujeres con las que había estado?

—Mantén eso alejado de mí, Luca. Son lo peor para mi dieta.

Él apretó los labios, como si no quisiese echarse a reír, pero su rostro se iluminó.

Luca ignoró su súplica, la hizo acercarse y llevó una trufa a sus labios.

–Una boda como la nuestra merece al menos una pequeña celebración, ¿no?

Atrapada en la profunda convicción de sus palabras, en aquella mirada penetrante que tenía puesta en su boca, Sophia se humedeció los labios.

Él dejó escapar un gruñido y añadió:

–Abre la boca.

El sabor intenso del chocolate le explotó en la lengua y no pudo evitar gemir mientras los dedos de Luca seguían posados en sus labios.

La mirada de este era de deseo. Se inclinó y pasó la lengua por su labio inferior. El placer que sintió Sophia fue tal que tembló.

Luca la abrazó y ella sintió que perdía la respiración. Su olor la embriagó, se sintió aturdida.

Volvió a humedecerse los labios.

Él se inclinó y le mordisqueó el inferior, luego pasó la lengua por su boca. Sophia sintió calor entre las piernas. Luca clavó los dedos en sus caderas.

–Si te humedeces los labios así, pensaré que es un modo de invitación.

Ella intentó zafarse, pero solo consiguió apretarse más contra él.

–No lo hago a propósito.

–Lo sé.

Sophia sintió su pecho fuerte y se preguntó qué hacía Luca para tener un cuerpo así. Teniendo en cuenta la vida que llevaba, debería haber tenido tripa, pero no.

Y ella no quería dejarlo marchar. Todavía, no.

Quería seguir disfrutando de aquel momento de intimidad. De aquella confianza que empezaban a tener
el uno con el otro. De las risas que compartían. De la
manera en la que Luca le hacía ver cosas de sí misma
que ni siquiera ella sabía. Sophia no se había dado
cuenta de lo mucho que necesitaba aquel tipo de
compañía, de lo monótona que había sido su vida.

Tal vez aquel breve matrimonio suyo tuviese otras
ventajas. Su cuerpo le rogó que las tuviese en cuenta.
Ella pasó un dedo por las sombras que había debajo
de los ojos de Luca. Siempre había querido hacerlo.

–¿No duermes nada?

Él la agarró por la muñeca y apretó el rostro contra su mano, como si necesitase aquella caricia. Sophia recorrió el resto de su cara con los dedos.

Sin previo aviso, Luca la giró y tomó uno de sus
dedos con la boca. Lo chupó.

Y ella se excitó todavía más.

Luca le soltó el dedo y ella se ruborizó. Luca sabía el efecto que tenía en ella.

–Tengo insomnio.

Sophia tardó varios segundos en darse cuenta de
que estaba respondiendo a su pregunta.

–¿Cuánto duermes?

–Un par de horas de vez en cuando.

–¿Nada más? Yo necesito al menos ocho horas de
sueño al día para sentirme humana. ¿Eso no tiene
efectos adversos?

–Sí, pero he aprendido a vivir con ellos.

Aquello lo hacía más tridimensional, más... humano.

–¿Y qué haces? ¿Con todo ese tiempo?

Él metió los dedos por el escote del vestido, levantándoselo, metió la lengua allí y probó su piel desnuda.

–¿Todo tu cuerpo sabe a seda, Sophia?

–Sí –respondió ella, completamente perdida en su magia.

Intentó pensar, actuar con sentido común, pero no pudo. No se le ocurrió nada.

Entonces vio brillar el diamante que llevaba en el dedo y le ordenó a su cuerpo que se quedase inmóvil.

–No podemos hacer esto. No podemos... Si pensabas que dándome poder ibas a conseguir que yo accediese a...

–¿Separar las piernas y dejarme entrar? –la interrumpió él. Y retrocedió–. ¿De verdad piensas que tengo que pagar para tener sexo? No sé a quién tienes en tan poca estima, si a mí o a ti misma. ¿De verdad eres tan cínica como dicen?

–Entonces, ¿por qué?

En respuesta, Luca volvió a besarla. No fue una invitación ni una caricia, fue un asalto en toda regla, casi brutal.

Ella se dio cuenta de que lo había enfadado. La estaba seduciendo con los labios, pero sin poner en ello el corazón.

Le estaba demostrando quién mandaba.

La idea le dio náuseas, independientemente de lo que dijese su cuerpo.

–No, Luca, por favor.

Enterró los dedos en su pelo y lo apartó.

–Ha sido una estupidez. Lo que he dicho –susurró, bajando las manos a sus hombros–. Nunca... he pensado que alguien como tú pudiese desear a alguien como yo.

No quería volver a mencionar el tema de la apuesta. Aquello formaba parte del pasado, pero se dio cuenta de que él lo entendía.

Luca suspiró y se ablandó al instante. ¿Tan fácil era calmar al demonio con sinceridad? ¿Era posible herir sus sentimientos a través de aquella máscara impenetrable que portaba? Sophia ya no sabía qué pensar.

Él le dio un beso suave en la frente, en el puente de la nariz y después en la mandíbula.

—Te beso porque es imposible no hacerlo, Sophia. Te beso porque no soporto la idea de que tus labios no tiemblen bajo los míos, ni de no conseguir cambiar su expresión. Te beso porque quiero oírte suspirar de deseo. Te beso para ver cómo sus hombros se relajan y tú te derrites. Te beso para oírte gemir. Te beso porque, cuando respondes, te olvidas de por qué te resistes a mí y me devoras como si fuese tu postre favorito.

Susurró las últimas palabras contra sus labios.

Y ella suspiró.

Después gruñó.

Y lo besó con un deseo voraz. Todo fue como él había predicho. La conocía tan bien...

Lo abrazó por el cuello y pensó que Luca tenía razón: odiaba estar de espectadora. Él metió un muslo entre sus piernas, pero sin llegar al lugar preciso.

Sophia cambió de posición y él apoyó una mano en su muslo, le levantó el vestido, y la ayudó a rodearlo por el trasero.

Entonces metió el muslo todavía más entre los suyos. Y entonces, sí, llegó.

Con todo descaro, Sophia apretó las piernas y se frotó contra él, aumentando el placer a un ritmo insoportable.

Sus dientes chocaron, sus lenguas se entrelazaron. Sophia lo sujetó por la mandíbula y enterró los dientes en su carnoso labio inferior, lo chupó con fuerza.

A él se le escapó un sonido parecido a un ronroneo y Sophia se dio cuenta de que algo había cambiado entre ambos. Luca estaba tenso. Sus caricias eran más urgentes, sus besos más bruscos.

Se habían acabado los juegos.

Él enterró los dedos en su pelo e hizo que se cayese la horquilla que los sujetaba. Esta rompió el silencio al golpear el suelo. Luca la despeinó.

Sophia se olvidó de lo que había querido preguntarle. Se olvidó de lo mucho que la había desconcertado la escena de la sala de juntas. Se olvidó de por qué no debía besarlo así. Se dejó llevar por la sensación, por el calor que tenía dentro.

Él apartó el muslo y ella gimoteó. Pensó que si Luca dejaba de abrazarla, se moriría.

Luca le levantó la pierna de nuevo, apartó el feo vestido hasta dejar al descubierto los ligueros.

—Sophia —dijo casi sin aliento contra su mejilla—. Ahora es cuando debes ponerme freno si no quieres que te tumbe en esa mesa y te penetre en tres segundos.

La crudeza de sus palabras la golpeó. Supo que Luca lo había dicho así a propósito. Ella gruñó y él se echó a reír y la besó de nuevo.

Pero Sophia se apartó a pesar de que casi no sentía las piernas.

—No —dijo, pasándose una mano por la boca.

Solo quería llorar. Estaba muerta de deseo, de frustración.

—Yo solo te estaba buscando porque quería hablar.

Él tenía las pupilas dilatadas, respiraba con dificultad, pero no parecía molesto por la interrupción.

—No pretendía dejarte así. ¿No estás enfadado?

—Estoy dolido, sí... —respondió Luca, suspirando—, pero no enfadado. Sé que piensas lo peor de mí, pero tengo cierto autocontrol.

—Si hay algo que pueda hacer...

—Arréglate el vestido y deja de ofrecer tu ayuda. La próxima vez, te pediré que te pongas de rodillas.

Sophia se quedó boquiabierta con su respuesta. ¿Le pediría aquello a todas sus amantes? ¿Lo harían estas para no perder su interés?

A ella siempre le había parecido un acto un tanto subyugante, indigno.

—¿Se lo pides a todas o...?

—Cállate, Sophia.

Ella fue al baño que había al lado. Se lavó la cara. Se miró al espejo. Despeinada, su imagen era dulce, femenina, la de una mujer que se había vuelto loca con dos besos.

Se maldijo, tenía la reunión más importante de su vida en unos minutos y estaba allí, muerta de deseo por Luca.

Diez años antes se había sentido guapa, especial por haber atraído su atención, pero solo había sido una apuesta.

—Tal vez la falta de sexo nos haga un poco más fuertes.

Pensó que no debía importarle que él se desahogase con otra mujer aquella noche.

Luca tenía el ceño fruncido.

—Ambos somos adultos y estamos casados. Por tu culpa, vamos a salir de aquí todavía excitados. ¿No te parece que ya eres lo suficientemente fuerte?

Parecía tan disgustado que Sophia se echó a reír.

Era fácil, demasiado fácil, caer en el hechizo de Luca. Lo importante era recordar que no había nada más.

—He fijado una reunión con Leandro y contigo dentro de una hora.

—¿Ya vas a compartir con mi hermano tus planes para Rossi Leather?

Ella asintió. Había admiración en la mirada de Luca.

—Quiero exponerlos delante de vosotros antes de hablar con Salvatore. Así estaremos todos al corriente.

Se preguntó por qué, de todos los hombres con los que trataba, directores generales, despiadados hombres de negocios y millonarios, el único que parecía mostrar respeto por ella era aquel playboy holgazán.

¿O tal vez fuese Luca más complejo de lo que parecía?

Este descorchó el champán y sirvió dos copas. Le tendió una y brindó con ella. Las burbujas acariciaron la garganta de Sophia. Ella levantó la vista y descubrió que Luca la estaba estudiando.

No dijo nada.

Hablaron de varios temas, unas veces estuvieron de acuerdo y otras, no, y discutieron. Cuando su reloj pitó, Sophia se dio cuenta de lo estimulante e ilustrativa que había sido su conversación.

Y agradable.

Durante toda la reunión con Leandro y Luca, lo único en lo que Sophia pudo pensar era en lo distinto que era aquel Luca del hombre al que ella había despreciado durante tanto tiempo.

Capítulo 6

LO ÚLTIMO que quería Sophia, después de los acontecimientos de la semana anterior, era una fiesta.

Una fiesta en su honor y en el de Luca.

Una fiesta a la que estaban invitados todos los miembros de la alta sociedad milanesa, incluidos hombres que estaban al corriente de su humillación diez años antes.

Una fiesta que daban sus cuñados, la familia Conti, una familia que era como un campo de minas, que hacía que, a su lado, la suya propia pareciese muy normal.

La última vez que había visto a Luca había sido fuera del edificio que alojaba a la empresa familiar, seis días antes. Después de su reunión con Leandro, Luca había llamado un taxi para que la recogiese y él se había marchado en su coche. La invitación a la fiesta había llegado aquella misma noche, a través de una llamada de la esposa de Leandro, Alexis, su nueva cuñada.

Cuando ella había protestado al respecto Salvatore le había dicho que no podía alejarse de la familia de su marido. De hecho, su nueva familia.

Sophia había respondido preguntándole si se alegraba de haberse deshecho de ella, a lo que Salvatore había guardado silencio. Ella había sentido culpa y vergüenza, se había disculpado y se había marchado.

Había sido la primera vez que se había enfrentado a Salvatore así. Nunca había tenido necesidad de hacerlo. Desde que este se había casado con su madre, siempre había sido muy bueno con ella. Le había pagado la universidad, le había dado un trabajo en Rossi Leather y cualquier cosa que ella le hubiese podido pedir.

Lo único que no le había dado era su confianza en la empresa. Aunque tal vez fuese comprensible, tratándose de un negocio que llevaba en la familia ciento sesenta años y que Salvatore quería que sus hijos heredasen. Tal vez fuese demasiado pedir que confiase en ella cuando, en realidad, Sophia jamás había destacado en lo que Salvatore había querido que destacase.

Tal vez todo habría sido diferente si ella también hubiese sido una Rossi.

Al menos, había hecho lo correcto al casarse con Luca. Salvatore estaba encantado de tener, por fin, un vínculo con los Conti.

Esa noche, Sophia tuvo que ir a Villa de Conti directamente después del trabajo. Alexis la había acompañado, sonriente, hasta la habitación de Luca. Consciente de las ganas de su cuñada de charlar, ella se había disculpado con la excusa de que le dolía la cabeza y necesitaba un baño.

Tras bañarse, Sophia se puso una bata de seda y salió a la habitación. Sus compras, metidas en bolsas de marcas caras, estaban encima de la cama y habían dejado un buen agujero en su cuenta bancaria. Los zapatos, de un diseñador, estaban en otra caja.

Tuvo la sensación de que las bolsas se burlaban de ella. Se sentó en la cama y se sintió como una tonta por haber hecho aquel derroche mientras que el demonio ni siquiera había respondido a sus mensajes. ¿Iría a la fiesta aquella noche?

Se acababa de poner crema corporal y la ropa interior cuando la puerta se abrió de manera bastante brusca. Sophia juró y tomó una toalla para taparse, y entonces vio aparecer a Valentina.

Con la espalda rígida frente a su otra cuñada, que estaba impresionante con un vestido largo, negro, Sophia le advirtió:

—Ya estoy suficientemente nerviosa, así que, por favor, Valentina, no me montes una escena ahora.

La joven se mostró avergonzada.

—He venido a disculparme.

Al ver que Sophia guardaba silencio, Valentina cambió de táctica.

—Mi hermano me envía a preguntarte si necesitas ayuda.

—Dale las gracias a Leandro, estoy bien.

—No, me manda Luca.

A Sophia se le cayó la toalla de las manos.

—¿Luca está aquí? ¿Abajo?

Contuvo la respiración.

—Sí.

No la había abandonado. Aunque fuese solo esa noche, Sophia lo necesitaba a su lado. Después, tras haberse enfrentado a un grupo social al que jamás había pertenecido, ya no lo necesitaría más.

–¿Pensabas que no iba a venir?

Había curiosidad en la pregunta de Valentina. Y lo último que Sophia quería era que los Conti, o cualquiera, supiesen lo ajena que era al estilo de vida de Luca.

–Estoy nerviosa porque todo el mundo va a estar pendiente de mí y no me gusta ser el centro de la atención.

Valentina la miró casi con cinismo, como estudiándola, y Sophia le tiró la toalla.

–Tienes un cuerpo precioso, Sophia, ¿por qué lo escondes?

–¿Te ha pedido Luca que seas amable conmigo?

–No, no estoy siendo amable. Mi hermano sí que me ha pedido que no sea mala contigo. Ya me gustaría a mí tener esos pechos –añadió, mirando fijamente los pechos de Sophia, enfundados en un sujetador rosa, y después los suyos, mucho más pequeños.

Valentina suspiró.

Sophia sintió ganas de gemir.

–Me desarrollé muy tarde y... poco. Tus pechos...

Sophia deseó esconderse debajo de las sábanas.

–Son como pequeños melones.

–Por favor, Tina. ¡Basta!

Sophia se frotó la frente, sacudió de cabeza y dejó escapar una carcajada. Los ojos se le llenaron de lágrimas.

–Cómo nos torturamos. Yo siempre he envidiado tu cuerpo de modelo, tu estilo y tu gracia. Eres como una gacela, mientras que yo... parezco un pingüino. Tienes muy buen gusto para la moda.

Valentina la miró con cariño y todo su rostro se transformó.

—El estilo, el buen gusto, se pueden adquirir. Las curvas, no. Salvo que me opere. Aunque no creo que a Kairos le gusten los pechos artificiales y ya hay demasiadas cosas...

Apartó la mirada de la de Sophia.

—Sé que Kairos y tu solo sois amigos —añadió.

—¿Has hablado con él?

—Sí, se enfadó conmigo por haber ido a verte y yo... no tenía ningún derecho a tratarte como te traté —admitió—. ¿Me perdonas, Sophia?

Esta sonrió.

—Si me ayudas, sí. ¿Me puedes aconsejar? He comprado tres vestidos y no quiero hacer el ridículo esta noche. No quiero parecer un pingüino al lado de un pavo real.

Valentina se echó a reír.

—¿Mi hermano es el pavo real?

Sophia asintió. En dos minutos había vetado los tres vestidos.

—La vendedora me aseguró que era lo mejor...

—Sí, pero te hizo caso cuando le dijiste que querías que te tapasen hasta el último centímetro de piel. ¿Qué hay en esa bolsa?

—Ese... lo elegí yo, pero voy a devolverlo. No sé en qué estaba pensando.

Valentina atravesó la habitación y tomó la última bolsa que quedaba encima de la cama. La seda turquesa se deslizó entre sus dedos.

—Este vestido es perfecto.

–No debí comprarlo. No tiene tirantes y se me podrían salir los *melones* y...

–¿Qué es lo que te asusta, Sophia? ¿Que todo el mundo se dé cuenta de lo bella que eres debajo de esa ropa horrible que llevas siempre puesta?

–¡Eh! No es horrible y...

–Está bien, entonces, ve de pingüino. Ahí abajo habrá esta noche al menos tres mujeres que han tenido relaciones con Luca.

Sophia dio un grito ahogado.

–Eso es jugar sucio.

Se dijo que tal vez lo de aquella noche fuese una farsa, pero ella iba a ser la heroína de la farsa, nadie le iba a quitar aquello.

Con el estómago encogido, permitió que Tina la peinase y maquillase. Cuando esta le dijo que estaba lista, se miró en el espejo de cuerpo entero y se quedó sin habla.

El escote dejaba al descubierto la curva de sus pechos. La sencilla pedrería brillaba bajo la luz cada vez que respiraba. La falda le llegaba justo a las rodillas, así que dejaba ver sus piernas. Se miró las piernas, tenía que reconocer que eran bonitas.

La mujer que había en ella, la parte que intentaba ocultar, ignorar y olvidar, se sintió orgullosa de su aspecto. Nada la convertiría en una mujer alta, elegante o graciosa, pero le daba igual. Continuaría con las dietas y nunca sería esbelta, pero podía sentirse bien siendo como era. No volvería a esconderse, como si sintiese vergüenza de sí misma.

El pelo, que Tina le había peinado con el secador,

caía en suaves hondas y le suavizaba los rasgos de la cara.

El pintalabios rojo, más vivo que el de Tina, hacía que su boca fuese escandalosamente seductora.

–Es demasiado rojo, todo el mundo va a mirar mi boca...

–Te has cansado con el demonio, por supuesto que van a mirarte. ¿Por qué no darles algo impresionante?

Miró a Sophia de arriba abajo y comentó:

–Entiendo que mi hermano, que es un artista, ha viso en ti lo que no había visto nadie más.

Sophia se estremeció.

–¿Luca es un artista?

En esa ocasión fue Tina la que se sorprendió.

–Luca es muchas cosas que ni siquiera yo sé. Solo trabaja en CLG para complacer a Leandro, pero tiene... –se interrumpió–. Luca lo llama nuestro genio loco. Al parecer, su talento para la música no tiene parangón.

–Te refieres a que le gusta el arte, ¿no? –comentó Sophia–. En realidad vive de su hermano y de la fortuna familiar y se interesa por la música, se rodea de cosas bellas... ¿Ese tipo de artista?

A Valentina le brilló la mirada.

–Su faceta de playboy es solo eso, una faceta. Sé que vuestro matrimonio es solo un acuerdo, que va a durar unos meses. Y que él te permite que lo utilices durante ese tiempo, pero, no obstante, deberías saber...

–Yo no lo estoy utilizando, nos estamos utilizando mutuamente –la interrumpió Sophia, defendiéndose.

–Luca no es lo que parece, Sophia.

Trabajaba en CLG solo para complacer a Leandro y era un artista. Al parecer, era mucho más complejo de lo que parecía.

Sophia se detuvo en lo alto de las escaleras e intentó tranquilizarse. En general, no permitía que casi nada la afectase en la vida. En ese aspecto, se parecía a Luca.

Respiró hondo varias veces, pero siguió nerviosa. No sabía por qué era aquello tan importante.

Lo único que sabía era que necesitaba que Luca fuese como todo el mundo pensaba que era. Un holgazán, un playboy. Un hombre al que no le importaba nada ni nadie.

Apareció en lo alto de las escaleras de mármol como un sueño hecho realidad. Luca sintió una presión en el pecho que le dificultó respirar. Había sabido, había imaginado, que Sophia sería toda una revelación.

Y lo era.

Oyó murmullos a su alrededor.

Oyó gritos ahogados, comentarios acerca de su belleza. Y se sintió feliz. Le ocurrió como cuando terminaba de componer una canción o cuando cuadraba los números en los inventarios. Era como ver una obra de arte, inacabada y en estado puro, cobrar vida.

Sintió que Sophia era suya y pensó que no quería que nadie más la viese así. No quería que el resto del mundo viese y desease a aquella bella criatura.

Era suya, al menos, por el momento. No era tan

arrogante como para pensar que la había creado, pero sí podía considerarse que la había descubierto, ¿no?

Deseó levantarla en volandas, echársela al hombro y llevársela a su casa. Quería entrar en ella hasta que ambos se quedasen sin respiración, hasta que él pudiese deshacerse de aquella obsesión. Hasta que la mente de Sophia, su cuerpo y su espíritu, le perteneciesen solo a él.

Nunca había perseguido a una mujer. Todas acudían a él. Y aquella parecía no querer dejarse atrapar, qué ironía.

Disfrutó de las deliciosas curvas de su cuerpo y entonces sus miradas se cruzaron y desapareció todo a su alrededor.

Ella estudió su rostro y él sintió que le ardía la sangre mientras la esperaba abajo, al pie de la escalera.

La luz de la lámpara de araña hizo brillar su vestido. Y sus ojos marrones. No parecían unos ojos normales o corrientes.

Brillaban con pasión.

Y Sophia lo miraba... como si quisiera ver en su interior. Luca se estremeció.

Era como si hubiese conseguido traspasar la superficie y ver más allá de su aspecto, de su encanto. Como si ansiase conocer más.

Pero él sabía que no podía mostrarle más.

Cuando Sophia llegó abajo, Luca se tranquilizó. Esbozó su practicada sonrisa.

Ella arqueó una ceja con arrogancia.

Y él imaginó que era así como hacía obedecer a

su equipo en el trabajo, que bastaba con que arquease una ceja e hiciese un comentario para que todo el mundo la obedeciese.

Luca deseó darle un beso en la ceja y, probablemente, en la frente. Y en el puente de la nariz. En los carnosos labios. Y después mordisquearía la desafiante barbilla.

«Muy pronto», se prometió.

Podía haberla tenido aquel día en CLG, pero no quería que Sophia se arrepintiese después.

—Estás para comerte, *cara mia*.

A ella pareció sorprenderle el cumplido, apartó la vista y después volvió a mirarlo. Luca se preguntó si había sido él quien había minado su confianza.

—¿No tienes nada que decir, Sophia?

—Has desaparecido seis días. Tres horas después de que nos casásemos —lo acusó en voz baja—. Aunque nuestro matrimonio no vaya a durar... no me puedes meter en un taxi y desaparecer. Me dediqué a comer chocolate y seguro que he engordado. ¿Sabes cuántas preguntas he tenido que contestar, solo de mi familia? Salvatore está desesperado por conocer tus planes para Rossi.

—Pero si son tus planes.

—Sí, pero él no lo sabe. Le he dicho que Leandro y tú los tenéis casi terminados. Maldita sea, Luca, aunque esto sea una farsa, tenemos que ser un poco responsables. Ni siquiera hemos hablado de dónde vamos a vivir.

Sus susurros le acariciaron el rostro, su olor a madreselva hizo que todos sus músculos se pusiesen tensos. Su piel brillante lo provocó. Se encogió de hombros e intentó controlar el deseo que sentía por ella.

–Es la primera vez que estoy casado, así que, perdóname. Contactaré contigo todas las noches a las ocho, ¿de acuerdo?

Ella suspiró y sus maravillosos pechos subieron y volvieron a bajar.

–Maravilloso. Ahora me siento como tu supervisor de libertad condicional.

–¿Me pondrás las esposas si la incumplo? –replicó–. Que sepas que no le cedería el control a ninguna otra mujer, *bella*.

Las pupilas de Sophia se dilataron de deseo. Se humedeció los labios y se ruborizó.

Había trescientas personas esperándolos y Luca estaba excitado.

Era la primera vez que le ocurría algo así. Se había pasado seis días y seis noches encerrado en su estudio, y todavía no lo tenía bajo control.

No quería desearla tanto. No se fiaba de sí mismo en un estado así.

–Si alguien pregunta –le dijo ella–, y me estoy refiriendo a mi madre, no vamos a ir de luna miel porque yo estoy muy ocupada. Y tú, también.

Luca pensó que tendría que ir anotando en una libreta todo lo que quería hacerle a Sophia. De repente, le pareció que tres meses no iba a ser tiempo suficiente para hacer realidad todas sus fantasías y saciarse de ella para siempre.

La prisa y el deseo hicieron que pasase un dedo por su mandíbula. Ella lo apartó con un manotazo, como si fuese una mosca.

–¿Quieres que crea que nos hemos casado por amor?

–Por supuesto.

Luca asintió.

–Se le rompería el corazón si supiese que su hija no tiene nada de romántica.

Sophia puso los ojos en blanco.

–Su hija no se puede permitir ser romántica. De todos modos, encontraremos el momento durante el día para vernos y hacer todo tipo de travesuras...

Él arqueó las cejas y ella se ruborizó.

–Sexo por las tardes... qué imaginación tan maravillosa tienes, Sophia.

–Tuve que decirle algo cuando entró sin llamar a mi habitación y me preguntó por qué no estaba con mi marido en la noche de bodas.

–¿Por qué vives con tus padres? ¿No frena eso tus... actividades nocturnas?

–No tengo ninguna actividad... –se interrumpió y apretó los labios–. Trabajo hasta tarde por la noche y me gusta saber qué pasa con Sal y la empresa... Es más sencillo así.

Luca volvió a preguntarse si no era romántica porque él le había roto el corazón.

–Siento no haber pasado la noche de bodas contigo. ¿Estuviste esperando a ver si iba a secuestrarte?

Ella se ruborizó y Luca sintió más calor.

–Estás completamente loco. No puedo quedarme más tiempo con mis padres. No si quiero poder trabajar tranquilamente por las noches.

–Ven a Villa de Conti, a mi habitación. Alex y Leandro no están siempre aquí. Y yo tampoco te distraeré, salvo cuando me apetezca, pero...

Ella resopló.

–¿Dónde estabas? ¿Y por qué no respondiste a mis llamadas ni mensajes?

Luca arqueó una ceja. Nadie le preguntaba jamás adónde iba ni cuándo iba a volver. Ni siquiera Leandro. La novedad le resultó desconcertante.

–Por ahí –respondió, entrelazando un brazo con el suyo–. Me gusta estar solo. Después del revuelo que se montó en la sala de conferencias, necesitaba tiempo para recuperarme.

–¿Tiempo para recuperarte? –repitió ella, aunque con más consideración y menos beligerancia en esa ocasión. Pensativa.

–Sí, pero ya me siento preparado para ser tu devoto esposo.

Entonces sonrió y la llevó hacia el enorme salón de baile.

Frunció el ceño al oír la música.

Era un cuarteto de cuerda y a la música le faltaba alma aunque estuviese perfectamente ejecutada.

–¿Luca? –lo llamó Sophia.

Él volvió a sonreír de oreja a oreja.

–Sí, *bella mia*.

Sus ojos marrones claros lo estudiaron.

–¿No te gusta la música?

Luca sintió pánico por un segundo. De repente, se vio privado de su armadura.

–¿Sabes qué pasa con Tina y Kairos? –le preguntó a Sophia.

–No –respondió ella con una ceja arqueada, como advirtiéndole que se había dado cuenta del cambio de tema de conversación–. Aunque hemos charlado brevemente.

–¿Y qué te ha dicho tu amigo? –preguntó Luca intentando que no se notase que sentía celos de la amistad que Sophia tenía con el otro hombre.

–Que me apoyará como amigo cuando tú me dejes hecha pedazos. Me parece que Tina le está haciendo cambiar.

El sentido positivo de la última frase alegró a Luca, y le confirmó que lo único que tenían Sophia y Kairos era una amistad.

–¿Y por qué piensas eso?

–Porque me dijo que ninguno de los dos teníamos que habernos acercado a los Conti en tono apenado antes de colgar.

Luca se echó a reír.

–Me alegro por Tina –le susurró a Sophia al oído antes de llevarla a la pista de baile.

Capítulo 7

AQUELLA noche Sophia no se sintió como un pingüino, tampoco como una gacela o un cisne, pero pensó que, al menos, podría compararse con un ciervo.

Además, se dijo que iba a meter todo lo que le había contado Valentina acerca de Luca en un rincón de su cabeza y, por el momento, no se iba a preocupar, no iba a hacer planes ni se iba a obsesionar, no iba a ocultar ni a odiar. Aquella noche se iba a divertir. Bailaría, bebería e incluso coquetearía con Luca. Tal vez.

Sin duda, era la mejor noche de su vida. De repente, todas las personas que en otras ocasiones la habían tratado con reticencia querían hablar con ella, la estaban invitando a comer y, en general, querían averiguar cómo había conseguido acorralar al Conti demonio.

A pesar de saber que Luca había estado con la mitad de las mujeres allí presentes, Sophia conoció a varias con las que no le importaría intimar un poco más.

Se dio cuenta de que había sido ella la que había construido un muro a su alrededor para no arriesgarse a que la rechazasen, la que había decidido que no pertenecía a aquel grupo. Y después del episodio de la apuesta, había tenido otra razón más para odiarlos a todos.

Bailó con Luca que, por supuesto, era muy buen bailarín. Y con Leandro quien, para su sorpresa, le dijo que fuese a verlo para cualquier cuestión relacionada con CLG. Tal vez Luca le hubiese advertido que no la ofendiese.

Por suerte Kairos estaba de viaje de negocios.

Y después quedaba Antonio, al que había evitado toda la velada. ¿Era una cobarde? Sí, pero Sophia no quería que este le estropease la noche.

Luca oyó la puerta a sus espaldas y suspiró. Había ido al despacho a buscar unos documentos que le había pedido al abogado de Leandro.

Sin girarse, supo de quién se trataba. Llevaba toda la semana esperando aquella confrontación. Temiéndosela.

Porque a su abuelo le encantaba hacer que Luca volviese a sentirse el niño necesitado de cariño, sensible, que había sido. El niño incapaz de controlar los dolores de cabeza y la excitabilidad, el niño incapaz de dormir.

Aunque sabía que había sido un cobarde, se había escondido toda la semana en su estudio, adonde Antonio no iba jamás. Por un lado, porque Leandro había decretado tiempo atrás que era el espacio de Luca, sagrado, seguro e inviolable. Por otro, porque era la prueba de que Luca había heredado algo más que el físico agraciado de su padre.

Antonio prefería creer que los Conti eran invulnerables, aunque su hijo le hubiese demostrado todo lo contrario.

–No puedes darle a Sophia poder en CLG ni permitir que ocupe tu puesto en la junta.

–Ya lo he hecho –respondió Luca–. Llevas años insistiendo en que nos casemos. Incluso elegiste a la mujer perfecta. Y, por primera vez en mi vida, estoy de acuerdo contigo. Sophia es perfecta.

–Solo haces esto para complicarnos la vida a todos.

–Sophia es mi esposa y va a mirar por mis intereses.

Antonio frunció el ceño.

Lo que lo molestaba más que la presencia de Sophia en la junta era que también hubiese en ella un bastardo, un hombre hecho a sí mismo, como Kairos.

–Que sea solo tu representante. Deberíamos ser solo los miembros de la familia Conti los que tuviésemos el poder.

Luca sacudió la cabeza.

–Esa fijación que tienes con los gloriosos Conti no es buena, *nonno*. ¿No te parece que ya has hecho suficiente daño en su nombre?

Su abuelo se mostró sorprendido y retrocedió un paso, por mucho que lo hubiesen provocado, Luca nunca había sido así.

–Lo único que he hecho siempre ha sido asegurarme de que tu padre no arruinaba el nombre de la familia.

–Conocías a tu hijo mejor que nadie. Tenías que haberte dado cuenta de en qué se estaba convirtiendo. Tenías que haberla protegido a ella...

Luca se dio la media vuelta e intentó controlar sus emociones.

–Me da igual que aceptes a Sophia o no –añadió–. No me importa sacarte de mi vida, cosa que no ha hecho tu otro nieto, el siempre obediente Leandro. Sophia va a seguir en la junta de Conti aunque yo tenga que cederle legalmente todas mis acciones.

Antonio lo miró furioso.

–Ella... se ha casado contigo porque yo se lo sugerí.

–¿Se puede saber de qué estás hablando?

–Estaba desesperado... Así que acudí a ella. Pensé que era la mujer adecuada para ti. Le ofrecí una fortuna si conseguía casarse contigo.

Luca sonrió más divertido que ofendido.

Sophia le había dejado claro que era capaz de cualquier cosa por su familia. Y eso era, en parte, lo que lo atraía de ella. Era su belleza, interior y exterior, lo que lo fascinaba.

No quería que su familia la corrompiese ni la manipulase.

Quería que fuese solo suya, pero lo cierto era que ya le había granjeado dos poderosos enemigos: Kairos y Antonio.

–Como le des una sola acción... me aseguraré de que no la recuperes jamás. Tal vez no lleve sangre de Salvatore, pero es tan codiciosa como él.

A Luca no le importaba lo más mínimo lo que Sophia pudiese quitarle.

–Vete al infierno, *nonno*. Y, cuando estés allí, saluda a tu hijo de mi parte.

–Yo no le ofrecí a tu madre como cordero expiatorio, sabiendo cómo era él.

Luca se detuvo frente a la puerta, con la mano en el pomo. Por primera vez, Antonio hablaba como un anciano, parecía viejo, frágil.

–Se casó con ella en secreto, como tú con Sophia. Era incluso más encantador que tú, cuando quería. Aseguró estar enamorado y yo lo permití. Pensé que se tranquilizaría con ella. Durante un tiempo, fue feliz. Tu madre... Se casó con él, Luca. Se casó con él por voluntad propia.

Acababan de dar las once cuando Sophia se dio cuenta de que llevaba más de una hora sin ver a Luca. La fiesta estaba en su máximo esplendor, corría el champán, las parejas seguían bailando.

Ella se preguntó si Luca habría desaparecido. Otra vez.

Se había bebido tres copas de champán con Valentina y sus amigas y se sentía un poco aturdida. Recorrió el perímetro del enorme salón, sonriendo y saludando con la cabeza a personas que ni conocía. Una mujer le señaló hacia el pasillo mientras sonreía con malicia.

A Sophia se le pasó el aturdimiento al instante. Oyó risas femeninas al otro lado de la puerta. Después, la voz profunda de Luca.

Y a ella se le heló la sangre en las venas.

«Corre, corre, corre», le dijo una voz en su interior, como si aquella amenaza fuese fatal.

Respiró una vez, dos. Y se obligó a seguir adelante. No podía creerse que Luca pudiese hacerle algo así, aunque lo cierto era que no tenían ninguna

obligación el uno con el otro. Él no le había prometido fidelidad, ni en aquella ocasión ni en la anterior,
pero Sophia no iba a permitir que volviese a reírse de
ella.

Entró en el salón, con vistas al lago Como, como
tantos otros en la casa.

En el centro de la habitación había un piano, al que
estaba sentado Luca, tocando. A su izquierda, una
rubia delgada como un palo, que se inclinó hacia él y
frotó sus minúsculos pechos contra su brazo.

Luca se quedó inmóvil un instante, pero Sophia
no esperó a ver cómo reaccionaba, se acercó al piano
y, sonriendo de oreja a oreja, dijo:

–Aparta las zarpas de mi marido y sal inmediatamente de nuestra casa.

La rubia tuvo la decencia de mostrarse avergonzada, levantarse y salir de la habitación.

Sophia contó hasta diez, fue hasta la puerta, la
cerró y se apoyó en ella. Intentó tranquilizarse. Al
ver a aquella mujer con Luca... se había dado cuenta
de que se estaba engañando.

¿Cómo había podido pensar que podría resistirse
a aquel hombre?

¿Cómo había podido convencerse de que podría
hacer aquello y salir indemne?

Después de su conversación con Antonio, Luca
había sentido una abrumadora necesidad de desaparecer. Antonio había sabido que la noticia de que Enzo
se había enamorado de su madre le afectaría.

Había sentido miedo a parecerse a Enzo también

en aquello, y a estar engañándose al pensar que solo quería pasárselo bien con Sophia.

Se había preguntado si, cuando su padre se había casado con su madre, lo había hecho con la mejor de las intenciones. Si había pensado que controlaba la situación, como él con Sophia.

¿Se habría dado cuenta de que había terminado convirtiéndose en un monstruo para la mujer a la que había amado y, no obstante, había sido incapaz de parar?

Conmocionado por la revelación de Antonio, no había vuelto al salón de baile. No había vuelto con ella.

No había seguido a la rubia, ni la había tocado, pero se había sentido tentado. Habría sido la manera de separarse del camino que había tomado su padre, la única manera de retomar el control de aquella farsa y demostrarse que sus defensas seguían intactas.

Que él estaba intacto.

Pero había mirado a la mujer y había sentido náuseas.

Había sabido que, aunque lo suyo fuese una farsa, Sophia jamás lo perdonaría. Y eso Luca no lo podía soportar.

Él se miraba todas las noches al espejo y se daba asco, pero había decidido vivir lo mejor posible. No obstante, no quería que Sophia lo mirase así.

Luca no sonreía, algo extraño en él. Sophia había pensado que disfrutaría viéndola intentando controlarse, pero lo cierto era que su gesto era sombrío.

–¿No podías contenerte ni una noche?

–¿Has sacado las uñas?

–Es lo único que tengo.

Sophia se maldijo, ¿por qué se sentía traicionada?

Había crecido con una coraza, convenciéndose de que no necesitaba nada ni a nadie.

Hasta aquel momento.

–No estoy hecha de bonito plumaje, como tus... numerosas amigas. ¿Has...?

–Me encantan las uñas, *cara mia*, si son tuyas. Así que deja de amenazarme y utilízalas.

Luca habló en tono retador, no en tono de burla.

Y Sophia sintió que estaba encerrada con un depredador. Adiós al Luca encantador al que podía controlar, si no admirar. Aquel hombre la estaba devorando con la mirada. Parecía inquieto, menos controlado. Más real.

«Retrocede», le susurró una voz. «Retrocede y márchate».

Sophia la apartó de su mente. Nada podría hacerla salir de aquella habitación.

–Ahora mismo me consideras una novedad, pero es que no puedes evitarlo, ¿verdad? Atraes a las mujeres, debe de formar parte de tu ADN.

–Me ha seguido ella –respondió Luca en tono peligroso–. Me desconcierta comprobar que no me apetece estar con otra en estos momentos.

Ella se acercó al piano y se sentó a horcajadas sobre el taburete, sin importarle que se le levantase la falda del vestido. Sin importarle que estuviese dando a entender cosas para las que ni ella misma se había dado cuenta de que estaba preparada.

El aire espesó a su alrededor. La fiesta se difuminó. Él se acercó más. Su olor masculino la embriagó.

–No la has rechazado. No la has apartado. No has actuado como un hombre que desea a otra mujer.

A Luca le brillaron los ojos. La abrazó por el cuello, inclinó la cabeza y pasó la lengua por su oreja. Sophia arqueó la espalda y cerró los ojos.

Él le quitó los pendientes. Le mordisqueó el lóbulo. Ella sintió calor entre los muslos.

El ruido de los pendientes al caer sobre el suelo de mármol le tendió un puente hacia la cordura.

Pero el demonio la estaba distrayendo y lo hacía muy bien.

–¿Quieres que sea tuyo, pero te niegas a ceder?

–Si lo que quieres es reírte de mí otra vez, mírame a los ojos y admítelo.

–No me vas a hacer sentir culpable por algo que no he hecho –susurró él contra su cuello.

Le acarició los hombros y bajó por el escote. A Sophia se le endurecieron los pezones, pero Luca no llegó a ellos.

Ella apretó los dientes para evitar rogarle que lo hiciera, que la acariciase.

–Entonces, ¿por qué no te limitas a decirme que no ibas a tocarla?

Estaba desesperada por oír de sus labios que no había tenido la intención de tocarla, pero Luca no se lo dijo. Porque Luca nunca mentía.

–¿Por qué establecer las normas de un juego al que te da miedo a jugar?

–¿No te basta con que vayan detrás de ti? ¿No puedes dejar escapar a una, aunque no te interese?

Él dejó de acariciarla.

¿Por qué no podía, por una noche, ser suyo y suyo nada más?

–¿Tan baja es tu autoestima? ¿Es su adulación lo que anhelas?

Él apartó las manos, se levantó del banco y se alejó. Sophia sintió pánico.

–Por hoy ya he tenido bastante de este teatro, de este matrimonio de conveniencia.

Aquello fue como una bofetada para Sophia. Una bofetada perfectamente planeada. Como todo lo demás.

Sophia se dio cuenta de repente de que, en realidad, Luca no perdía nunca el control, sino todo lo contrario.

Cada respiración, cada sonrisa, cada palabra, cada gesto, tenían un propósito.

–Controlas lo que todo el mundo piensa de ti.

Pero, ¿por qué?

Capítulo 8

LUCA gruñó desde la otra punta del salón. Fue un sonido horrible, el de un animal feroz, pero herido frente a su cazador.

Sophia se levantó del banco y se acercó.

–Tus aventuras son muy conocidas. Siempre se monta algún revuelo en todas las fiestas y tú te comportas de un modo horrible. La única vez que no lo has hecho ha sido conmigo.

Luca cerró los puños.

La despreciable apuesta que había hecho con sus amigos no había llegado a oídos de nadie más.

–¿Me vas a canonizar ahora por eso? ¿Tan desesperada estás por justificar esto?

Su tono de voz la encogió, pero Sophia no se rompió ni huyó, como Luca pretendía. Llegó a su lado y apoyó la frente en su espalda.

El calor de su cuerpo le atravesaba la camisa. Ella se la sacó de los pantalones con manos temblorosas. Las metió debajo, deseosa de acariciar su piel desnuda.

Le acarició los músculos fuertes del abdomen y notó los latidos de su corazón.

Luca estaba completamente tenso y Sophia pensó que, si volvía a rechazarla, se vendría abajo.

Pero ya no podía retroceder.

Siempre había pensado que su belleza le servía de puerta hacia la arrogancia, hacia un modo de vida indulgente, pero en esos momentos se preguntó si no sería solo una máscara que ocultaba mucho más de lo que revelaba. Cegaba a las mujeres con su sonrisa, todos los hombres envidiaban su encanto personal.

A ella también la había engañado.

–Tú... actúas, Luca. Delante de Antonio, de Leandro, de Tina, de todo el mundo. Has creado un personaje y lo utilizas para mantener las distancias.

Luca se giró y Sophia se preparó para su ataque. Estaba empezando a conocerlo.

Él la miró con los labios apretados y los ojos brillantes. La miró como si pudiese llegarle al corazón.

–Quieres tener sexo conmigo. Estás desesperada. Lo deseas, pero, al mismo tiempo, no quieres ceder a lo inevitable. Así que estás buscando en mí alguna cualidad redentora. Yo nunca voy a ser ese hombre para ti, Sophia. Así que, si no vas a acostarte conmigo, deja de fingir.

Ella parpadeó, aturdida al darse cuenta de lo bien que la entendía Luca.

Ambos tenían razón. Ambos se daban cuenta de cómo era realmente el otro. Y ambos habían ido demasiado lejos como para retroceder.

En esos momentos, Luca era suyo y Sophia lo sabía.

Podía estar con cualquier otra mujer, pero eso no importaba. Ya no.

Lo abrazó por la cintura y él le agarró las muñecas con la intención de apartarla.

–¿Qué es lo que quieres, Sophia?

Ella pegó su cuerpo al de él.

–Que me hagas el amor, Luca.

Él le metió el muslo entre las piernas, apoyó las manos en sus caderas y apretó la erección contra su vientre.

Sophia sintió una ola de calor.

Sus miradas se cruzaron. No volvieron a retarse, ni hablaron de pactos. Lo único que hubo entre ambos fue deseo.

Luca le bajó la cremallera del vestido mientras a ella se le desbocaba el corazón. El aire frío tocó sus pechos y Sophia dio un grito ahogado. Él seguía sin acariciarla donde más lo necesitaba.

–Interesante –comentó Luca con voz ronca–. No llevas sujetador.

–Por el escote de la espalda –balbució ella en tono frío, mientras ardía por dentro.

–Eres como seda caliente. Voy a lamer cada centímetro de tu piel.

Sophia cerró los ojos y oyó cómo Luca se quitaba la camisa.

Sintió sus dedos largos en la espalda, la apretaron contra él.

Sus torsos se pegaron, Luca enterró los dedos en su pelo y entonces la besó.

Fueron besos suaves, lentos.

Al mismo tiempo la acarició con urgencia.

–¿Sophia?

–¿Umm?

–Me encantaría estar dentro de ti, *cara mia*.

Entonces ella oyó a los asistentes a la fiesta, a lo lejos. Oyó música y risas. Se puso tensa.

-¿Aquí? ¿Ahora? Están todos... ahí.

-Ahora, Sophia.

O lo hacían a su manera o no lo hacían. Luca le estaba haciendo aquello a propósito. La estaba arrinconando porque sabía que estaba desesperada. La estaba llevando al límite, como había hecho ella con él.

Esperaba verla retroceder, que se encogiese y se ocultase en su dormitorio.

-Sí -susurró Sophia, dándole besos en el pecho, pasando la lengua por un pezón y después mordisqueándoselo-. Aquí, ahora.

Él se estremeció. Y para Sophia fue otra pequeña victoria.

Luca la hizo girarse y ella se dejó. Su cuerpo le pertenecía.

-Míranos, *bella mia* -le susurró al oído.

Sophia miró. Estaban delante de un espejo con el marco dorado, debajo del cual había un antiguo escritorio. Dos lámparas de araña daban luz suficiente para iluminar toda la habitación.

Luz y sombras, blando y duro, él delgado y fibroso, ella... voluptuosa y sonrojada. Eran distintos en todos los aspectos.

Pero la imagen de Sophia era la del erotismo personificado.

No había colorete que hubiese podido teñir así sus mejillas. Tenía las pupilas dilatadas, casi negras. Los labios hinchados, seductores. El pulso acelerado.

La seda turquesa colgaba de sus caderas, dejando los pechos al descubierto. Sus pezones estaban erguidos.

—¿Qué ves, Sophia?

Ella cerró los ojos, le costaba respirar.

—Mi aspecto es indecente. Es como si tuviese escrito en el rostro lo que quiero.

—Yo veo a una mujer con curvas y valles tan complejos como su mente. Veo a una guerrera, a una seductora, y veo a una mujer que oculta su corazón incluso a sí misma.

Sus palabras fueron tan poderosas como sus caricias. Sus dedos se movieron con nerviosismo sobre la piel de Sophia, deteniéndose aquí y allá, pero brevemente.

Sophia quería que le acariciase todo el cuerpo. El vestido cayó al suelo y ella se quedó solo con las braguitas de encaje. Estas desaparecieron también.

Él le hizo darse la vuelta y la sentó sobre el escritorio como si no pesase nada. La superficie de madera estaba fría y ella, ardiendo.

Con los ojos muy abiertos, vio cómo Luca se quitaba los zapatos de piel, los calcetines, los pantalones y los calzoncillos negros.

Casi no le dio tiempo a disfrutar de las vistas antes de colocarse entre sus muslos y apretarse contra ella. tomó su mano, la besó en la muñeca y después se la apretó contra el sexo.

—¿Me deseas, Sophia?

Su mirada era inocente.

Sophia parecía tan pura, tan excitada, tan perfecta.

La situación entre ambos estaba cambiando, y

todo porque él se había creído lo suficientemente listo como para controlarse. Había estado tan seguro de sí mismo que había olvidado que Sophia era una variable explosiva. Pocas veces se había llevado sorpresas así.

Sophia lo conocía demasiado bien y él, en vez de huir... Allí estaba.

Estaba solo, como siempre, era la única manera de vivir, pero Sophia veía en su interior y eso hacía que, en aquel preciso momento, no se sintiese solo.

Sentía una conexión. Sentía que alguien lo conocía de verdad. Y era lo suficientemente débil como para querer disfrutar de la sensación un poco más. Lo suficientemente humano para querer proteger aquello. Solo un poco más, se prometió. Se aseguraría de que no hubiese daños colaterales en esa ocasión. Solo placer, para ambos.

–¿Qué? –preguntó Sophia.

–Métete los dedos en tu...

Ella le dio un beso y después respondió:

–Si mis dedos sirviesen tanto como los tuyos, no estaría aquí, ¿no?

Él pensó que era la cosa más real que había visto jamás.

Su encantadora Sophia. Su leona, su guerrera, sencillamente suya en ese momento.

Quería que aquel momento durase eternamente, pero no podía durar. Porque él era Luca Conti.

Así que hizo lo que hacía mejor. Redujo aquel momento a algo tan primitivo como sexo.

–¿No te parece suficiente que esté aquí, ahora, Luca? –murmuró ella con voz temblorosa.

–No, quiero más, lo quiero todo, Sophia –respondió él–. Dime, la noche de nuestra boda, ¿te acariciaste?

–Sí.

–¿Y terminaste?

–No. No fue... Nunca...

Él inclinó la cabeza y apoyó los labios en la curva superior de su pecho y agarró la mesa hasta que los nudillos se le pusieron blancos, desesperado de deseo.

Se sentía vivo. No estaba acostumbrado a contenerse, pero en esos momentos la espera estaba actuando en él como una droga.

Separó los labios y chupó la piel suave, que sabía a sal, estaba deliciosa.

Sophia clavó las uñas en sus hombros y se sacudió contra su cuerpo, se apretó más contra él, que chupó con más fuerza. Ella gimió.

–Tócate y dime si estás preparada.

–No –se negó Sophia, levantando la barbilla de manera desafiante, mirándolo con los ojos brillantes.

Y después bajó las manos por su pecho hasta llegar a la erección y lo acarició con decisión. Él le agarró la mano y la enseñó a hacerlo.

–Aprendo muy rápidamente –comentó ella en tono sexy.

Luca apoyó las manos en la pared e inclinó la cabeza, cerró los ojos y se dejó llevar por el placer.

–Ahora con la boca, Sophia –le pidió.

Ella se dijo que debía retroceder en ese momento. Odiaba que le dijesen lo que tenía que hacer, ¿no? Odiaba cualquier cosa que la hiciese parecer débil o vulnerable. Y, precisamente tratándose de Luca, no debía plegarse a sus órdenes...

Él se puso tenso al notar su reticencia.

Sophia lo miró con malicia y entonces se agachó para tomarlo con la boca. Luca echó la cabeza hacia atrás, se le nubló la vista al notar su calor.

—¿Así? —susurró ella.

Habló en tono retador y suplicante al mismo tiempo. Sirena y esclava. Deseo y desafío. Luca jamás había visto nada más bello. Por primera vez en su vida, no respondió de manera pícara ni tuvo manera de reducir aquello a un simple intercambio sexual.

Ella pasó la lengua por su erección y repitió la pregunta. Él no pudo contestar. Enterró las manos en su pelo para que continuase.

Había querido recuperar el control de lo que estaba ocurriendo, pero se sentía descontrolado. Despojado de su armadura.

Empezó a sudar, supo que estaba cada vez más cerca del límite. Deseó estar en su interior y ver su rostro cuando terminase, quería volverla loca a ella también, hacer que perdiese el control. Necesitaba ser uno con aquella mujer increíble.

Así que la hizo incorporarse y la besó suavemente en el hombro antes de meter un muslo entre sus piernas.

—¿Luca? —susurró ella, mirándolo con los ojos muy abiertos, con inocencia y curiosidad.

Él se preguntó si había algo en aquella mujer que pudiese recriminarle. Ni siquiera con aquello, estaba dispuesta a ir allá adonde él la llevase.

Metió los dedos entre sus muslos para comprobar si estaba preparada. Tenía las mejillas sonrosadas. La notó completamente mojada y sintió cómo se retorcía con sus caricias, pidiéndole más. Él le dio un beso en la boca.

—Primero, te necesito así —le dijo justo antes de penetrarla desde atrás.

Ella dio un grito ahogado, que lo excitó todavía más.

La miró a los ojos a través del espejo y Luca pensó que todo había merecido la pena en su vida solo por haber llegado a aquel momento con aquella mujer.

Sophia intentó mantenerse alerta porque no quería perderse ni un instante de aquel momento, en el que estaba siendo poseída por Luca.

Luca ya lo había hecho muy bien diez años antes, incluso su cuerpo virginal se había dado cuenta. Aunque ella se había negado a que encendiese las luces, Luca la había acariciado con ternura. Por feos que hubiesen sido sus motivos, había hecho que Sophia sintiese que su cuerpo era un instrumento para el placer, no un motivo de vergüenza.

Pero aquello era diferente. Ella ya no era una niña torpe que no sabía qué hacer con sus voluptuosas curvas ni con la repentina e indecente atención de los mismos chicos que la trataban con desprecio. No se sentía avergonzada ni confundida con las reacciones de su cuerpo. Era Sophia Conti, la esposa del Conti demonio, y eso la había cambiado. Para bien o para mal, todavía no lo sabía, pero era irrevocable. En esos momentos, él era suyo y ella era la dueña de su propia sexualidad.

Se sintió una prolongación de él. O él una de ella. Y, en vez de asustarse, levantó la mirada para encontrar la de él en el espejo.

Sus hombros morenos la rodeaban. Tenía los labios apretados y era impresionante. Ella también, era la compañera perfecta para su masculinidad.

Luca apartó los dedos de sus caderas y le acarició los pechos. Aquello fue más de lo que Sophia podía soportar. Apretó los músculos internos con fuerza.

Él apoyó la frente en su hombro y gimió. En vez de apartarse, se apretó más contra su cuerpo.

La sensación se hizo más intensa. Se quedaron así, conociéndose el uno al otro y probando las diferentes maneras de moverse juntos, con sus cuerpos en perfecta armonía, cada vez más cerca de alcanzar un placer insoportable.

Sophia pensó que se rompería en miles de pedazos si no llegaba al clímax pronto. Se agarró a los antebrazos de Luca y se apretó contra su pecho.

–¿Luca?

Este pasó la lengua por su nuca.

–¿Sí, *cara mia*?

–Me estoy muriendo... No me hagas esperar más. Te necesito. Necesito esto como no he necesitado otra cosa en mi vida.

Él la agarró por las caderas y salió de su cuerpo completamente. Solo para volver a entrar.

Sophia arqueó la espalda, apoyó la cabeza en su pecho. Le temblaban las piernas, tenía los nudillos blancos de la fuerza con la que se estaba aferrando a la mesa.

Él le acarició un pecho y después bajó la mano a su sexo.

Volvió a salir y a entrar. Ella gritó.

–*Dio*, Sophia –susurró Luca antes de repetir el movimiento.

No había nada de civilizado ni de romántico en lo que Luca le estaba haciendo. En esos momentos no era el amante experimentado ni el astuto seductor.

Con ella era un hombre desesperado, que le hacía el amor de manera errática y salvaje. Tan ávido de ella como ella de él. Y Sophia llegó al clímax con aquello en mente un momento antes de que él lo hiciese también, mientras le susurraba al oído palabras obscenas en italiano.

Ella sonrió y decidió que eran las palabras más dulces que había oído jamás.

Capítulo 9

—¡*Maledizione*, Sophia! ¡Mantente alejada de Antonio!

Sophia se quedó inmóvil al ver que Luca le levantaba la voz por primera vez desde que lo conocía. Había entrado con paso firme a su nuevo despacho.

—He mantenido todas las promesas que hice. ¿Qué más quieres de ese viejo manipulador?

Su nueva secretaria, Margie se quedó mirando a Luca con la boca abierta. Era la primera vez que Sophia tenía secretaria propia, o despacho. Margie tenía unos cincuenta años, pero miró a Luca con interés y se puso recta, metió la tripa y sacó los pechos.

Divertida, Sophia miró a Luca, que, a su vez, solo la veía a ella en aquella habitación. Daba igual dónde estuviesen, en una reunión o en una fiesta, cenando con los Rossi, el caso era que Luca tenía la costumbre de centrar toda su atención en ella.

Cualquier mujer se habría acostumbrado a que la mirasen así. Cualquiera habría confundido deseo con complicidad, camaradería con cariño. Cualquiera habría empezado a creer en su propio cuento de hadas, en el que conseguía hacer suyo para siempre al encantador e insaciable Luca Conti.

Su marido iba despeinado, sin afeitar y vestido

con un polo blanco arrugado y vaqueros azules. Estaba muy sexy.

Su marido. Lo llamaba así con demasiada frecuencia, aunque fuese solo en su cabeza. Estaba empezando a volverse posesiva y no sabía cómo impedirlo.

Suspiró.

En las cuatro semanas que llevaban casados, Sophia había aprendido que Luca tenía de vez en cuando ataques de intensa inquietud, que solían señalar que iba a retirarse, para después volver uno o dos días después y entregarse a una furiosa actividad social.

No era un desasosiego violento ni físico, pero Sophia lo veía en sus ojos. Luca advertía con la mirada que lo dejasen solo, en paz, cuando estaba en semejante estado.

Y después volvía como si no hubiese estado ausente durante horas.

Una tarde, había llegado a Villa de Conti después del trabajo, intensamente aliviada al ver la moto de Luca aparcada fuera. Él había estado dándose una ducha.

—Por favor, *bella*, dime que has venido antes para que hiciésemos el amor.

—Esto no es gracioso —le había respondido ella mientras Luca le quitaba la chaqueta de lino—. Luca, te hablo en serio. Me he informado y hay muchas maneras de luchar contra la drogadicción.

Era lo único que tenía sentido.

A lo que él le había respondido que no tomaba drogas, la había besado y le había demostrado qué tenía que hacer para calmarlo.

Así que Sophia no sabía qué era lo que calmaba la inquietud de su mirada ni por qué necesitaba escapar. Luca tenía una vida de altibajos, caótica.

No obstante, le había dedicado toda su atención en las numerosas reuniones que Sophia había tenido con Leandro y con él para reinventar la marca Rossi como filial de GLC. Primero, Sophia había tenido que convencer a Leandro de que la marca Rossi era muy conocida, que habían mejorado los estándares de fabricación en los últimos cinco años, un proyecto que ella había supervisado personalmente. Después le había enseñado las cifras de ventas y le había demostrado que, en lo relativo a cinturones, carteras de hombres y otros artículos de piel, Rossi seguía por delante de CLG.

–Y yo que pensaba que estabas engañando a mi hermano –había comentado Leandro en tono seco, mirándola de manera implacable.

Una vez que había convencido a Leandro, Sophia había tenido que ocuparse de Salvatore.

Y para ello había necesitado el respaldo de los hermanos Conti, el uno silencioso, pero poderoso; el otro, encantador y persuasivo. Al final, habían convencido a Salvatore con un acuerdo en el que CLG firmaba que no acabaría con la marca Rossi y que incluía muchas propuestas de negocio.

A pesar de que Salvatore había protestado cuando ella le había sugerido que dejasen de fabricar productos que competían directamente con los de CLG y desarrollasen otros complementarios, Luca había conseguido convencerlo en cuestión de minutos de que Rossi se había hundido porque jamás podría competir con CLG.

Habían emitido un comunicado de prensa en el que anunciaban que CLG estaba invirtiendo en Rossi para que sus conocidos bolsos, cinturones y otros accesorios cumpliesen con los lujosos estándares de CLG y pudiesen volver al mercado.

Sophia había sido nombrada directora para la supervisión de la primera línea de producción, desde el diseño hasta el marketing. El nombramiento no había gustado a Sal, hasta que Luca le había guiñado un ojo y le había dicho:

—Es bueno que tengas a alguien de tu parte ahí, Salvatore. No puedes confiar plenamente en mi hermano ni en Antonio.

Cuando ella le había dado las gracias con un beso en la mejilla, Luca le había sonreído con malicia.

—Me gusta ser el hombre que está contigo en esto. Aunque también me gusta tenerte encima, y debajo.

Leandro los había observado con cierta sorpresa.

Ella había enterrado el rostro en el pecho de Luca al notar que se emocionaba. Él había salido del embrollo con humor. Como siempre. Pero Sophia ya no pensaba que Luca era superficial.

Lo cierto era que estaba metido en toda su vida, y en su ser. Y Sophia se preguntaba, con demasiada frecuencia, qué iba a hacer cuando ya no estuviese con ella.

Se tocó el vientre para tranquilizarse, y dijo:

—Hola, Luca. ¿Te gusta mi nuevo despacho?

Él se pasó una mano por el pelo y miró a su alrededor. Después, la miró a ella con el ceño fruncido.

—Deberías tener otro con mejores vistas. No el que da a la parte trasera.

–El despacho me da igual, Luca –respondió ella–.
He convencido a Salvatore de...

–Pues debería importarte, Sophia. Si actúas como
si solo merecieses esto, no vas a conseguir más. Todos estos años has permitido que Salvatore te tenga
en un puesto que se te queda pequeño.

–Estaba aprendiendo el negocio.

–¿Y cuál es tu excusa ahora? ¿Por qué sigues bai-
lándole el agua?

–En los últimos meses han cambiado muchas cosas. Necesita...

–Necesita oírte decir que esta empresa es tan tuya
como suya. Que eres lo mejor que le ha ocurrido en
la última década. ¿O acaso actúas así porque te da
miedo que te diga que en realidad no eres su hija?
¿Por eso te conformas con esto, Sophia?

Ella sintió que el suelo desaparecía bajo sus pies.

Se sintió desnuda frente a una multitud, su peor
pesadilla. Volvía a ser una niña pequeña que fingía
desesperadamente que la idea de dejar la única casa
que conocía no la asustaba. Se le secó la garganta.

–No sabes de qué estás hablando.

Él alargó las manos y le tocó la barbilla con tal
ternura que Sophia se rompió. Pensó que debía
odiarlo, debía odiar a aquel hombre que la conocía
tan bien, pero no podía.

–¿Qué harás cuando termine contigo? ¿Cómo
convencerás a Sal entonces?

Sophia solo oyó la primera pregunta. Sintió que
todo su mundo se marchitaba.

–Todavía no lo he pensado.

–Veo que no eres tan organizada como yo pensaba.

–¿Y tú eres así cuando llevas un par de días sin dormir?

Luca volvió a pasarse las manos por el pelo.

–No, soy así porque me he enterado de que has negociado con Antonio en secreto. Otra vez.

–¿Otra vez? ¿Qué quieres decir?

–Que fue él quien te convenció para que te casaras conmigo.

–¿Te lo ha contado?

–Sí. Así que dime qué haces reuniéndote con él por la noche. Te ha visto Alex.

–¿Y ha ido corriendo a verte?

–Ha pensado que debía saber que mi esposa sigue negociando con mi abuelo. Alex desprecia a Antonio tanto como yo.

Sophia se sintió culpable, se ruborizó.

–Yo solo... le he pedido que deje de molestar a Salvatore, y al resto del mundo. Él y su manada de viejos lobos.

–¿Eso le has dicho? –preguntó Luca sorprendido.

–Sí. Alguien tiene que enfrentarse a él. Juega con todo el mundo. Con Kairos, contigo, conmigo, con Tina. Leandro parece ser el único que se escapa de sus garras. Tal vez me haya pasado un poco, pero estaba muy enfadada.

–¿Por qué piensas que has podido pasarte?

–Porque le dije que si no tenía cuidado, los echaría a él y a sus amigos de la junta, que tendrían que marcharse con el rabo entre las piernas.

En realidad Sophia se había acercado a Antonio para preguntarle por Luca, porque sabía que Leandro jamás traicionaría la confianza de su hermano.

Quería saber qué era lo que lo atormentaba. ¿Un problema de salud? ¿Por qué los Conti, con todo su dinero, no hacían nada para ayudarlo?

Según iban pasando los días, tenía la sensación de que iba a volverse loca si no entendía lo que le ocurría a Luca. Era como si hubiese un muro invisible entre ambos.

Pero Antonio no le había contado nada. Se había limitado a mirarla como si fuese una aparición. Sophia, muy frustrada, había volcado en él la ira y el miedo que la iban consumiendo desde dentro.

Tomó la mano de Luca. Nunca había tenido un gesto tan íntimo con ninguna otra persona, jamás. Ni siquiera con su madre. Sin saber cómo, Luca había empezado a formar parte de ella.

—No volveré a hablar de Valentina con nadie.

—¿Te ha contado lo de Tina? —inquirió él, furioso.

—No traicionaré a tu familia. Y nunca le haría daño a Tina. Sé lo que es no tener un apellido, lo que es sentir que no perteneces a una familia. Me crees, ¿verdad, Luca?

Luca miró fijamente a Sophia, la tristeza de su voz lo calmó.

—Luchas tanto por Salvatore que se me había olvidado que no eras su hija. Háblame más de ti.

—No hay mucho que contar. Mi padre, que era inglés, falleció antes de casarse con mi madre. Esta recibió muchas críticas en el pueblo al quedarse embarazada, así que se mudó a Milán para encontrar un trabajo y criarme. Durante una época, le costó llegar a fin de mes. Como en realidad no tenía formación, se dedicó a limpiar casas. Casas grandes y elegantes. Y me llevó con ella siempre que pudo.

—Eso hizo que tú te empeñases en tener éxito.

—Sí. Yo quería ir a la universidad. Quería una carrera. Por suerte, me fue bien en el colegio. No quería tener solo un vaso de leche para cenar. Es normal que después me obsesionase con las tartas y los postres. Odio hacer dieta, privarme de comer cuando de niña pasé hambre.

Luca enterró la nariz en su pelo, sintió ternura.

—Eres una luchadora, *cara mia*. Y eso hace que brilles desde el interior.

—Eso es lo que la gente guapa le dice a la fea —replicó ella.

Ambos se echaron a reír. Sophia apoyó el rostro en su pecho.

Luca se preguntó qué iba a hacer con aquella mujer. Le hacía reír como nadie. Iluminaba todo lo que tocaba. Hacía que quisiese protegerla, como si fuese lo único que le importaba en el mundo.

Le hacía sufrir y desear intensamente. Pero los días iban pasando lentamente, eso no podía impedirlo. Y Sophia lo conocía mejor que nadie.

Cada momento que pasaba con ella, lo disfrutaba como si se tratase de toda una vida.

Todo se estaba complicando y él no era capaz de simplificarlo.

Y no sabía cómo ponerle fin. No sabía cómo endurecerse y recordarse que tendría que dejarla en cuestión de unas semanas.

—Cuando yo tenía trece años, mi madre conoció a

Salvatore. Este se enamoró de ella. Yo no estaba segura de que me quisiese tener a mí también, así que...

–¿Qué hiciste, Sophia?

–Decidí quitarme del medio. Metí mis cosas en una bolsa, tomé algo de dinero, dos sándwiches y un plátano, y me marché.

–¡Sophia! ¿En qué estabas pensando?

–Ella lo necesitaba más que yo. No podía soportar verla matándose a trabajar para que pudiese estudiar.

Luca pensó que era una mujer muy valiente. ¿Cómo era posible que Salvatore no fuese consciente de su lealtad? Por primera vez en su vida, Luca le ofreció lo que siempre buscaba, lo que necesitaba más que el aire: compañía y cariño.

La agarró por la cadera y la sentó en su regazo.

–En ocasiones deseo haberme subido al autobús.

–Estás aquí, tesoro. Entre mis brazos.

Luca se prometió a sí mismo que jamás permitiría que Sophia tuviese que hacer algo así, que no tendría que sacrificar su felicidad por el bien de su familia. Él la cuidaría.

–¿Y, entonces, qué ocurrió, *cara*?

Ella respiró profundamente.

–Los dos vinieron a buscarme. Mi madre me dijo que ella no estaría nunca con un hombre que no me quisiera. Salvatore se arrodilló delante de mí. ¿Te imaginas la escena? Me miró a los ojos y me dijo que, a partir de ese día, iba a ser mi padre. Siempre ha sido muy bueno conmigo.

Luca sintió más respeto por el otro hombre.

–Salvo cuando quiso organizar tu boda

–Es un hombre tradicional. Piensa que las mujeres, incluida su hija, necesitan que las protejan. Yo me habría casado con cualquiera, pero el hombre que él escogió se enteró de que yo ya había estado contigo y se negó a casarse. Aunque no le dijo el motivo a Sal.

Sophia se puso tensa entre sus brazos.

–Fuiste tú, ¿verdad? Tú se lo advertiste a todo el mundo.

De repente, Luca sintió que era esencial que Sophia no lo considerase un tipo cruel y despiadado. Ni superficial. Ni un inútil. Ni tampoco un hombre al que no le importaba nada.

–Si hubiese sabido lo que se proponía Marco, jamás lo habría enviado allí, yo...

En vez de rechazarlo, Sophia lo abrazó.

–¿Por qué participaste en aquella apuesta? No me puedo creer que quisieses humillar a alguien. Dime que lo hiciste porque tenías la tonta necesidad de hacerte valer ante tus amigos. Dime que fue un accidente, que no...

–Shhh... *cara mia*. Te prometo que jamás quise hacerte daño.

La obligó a mirarlo a los ojos. Por una vez en la vida, iba a enfrentarse a la verdad en vez de ocultarse entre las sombras.

–Cuando me enteré de lo de la apuesta, me puse furioso, pero no había manera de hacerlos cambiar de opinión. Así que me uní a ellos. En realidad, mi objetivo era protegerte, pero acabé contigo. Aquellas semanas que pasamos juntos... Fueron increíbles.

Respiró hondo.

–Pero yo no era un tipo decente, Sophia. No era

para ti. Por eso tuve que terminar con lo nuestro. Y les dije a mis amigos que había ganado la apuesta. Yo no quería que Marco te humillase, pero lo hizo. Se suponía que tú no ibas a enterarte de lo de la apuesta.

La miró a los ojos y terminó:

—Cuando supe lo que había hecho, le rompí el teléfono móvil. Y les advertí que no quería volver a oír tu nombre jamás. Sabía que ibas a odiarme de por vida, aunque en realidad era lo mejor.

Capítulo 10

SOPHIA se quedó sin habla unos segundos.
Luca había querido protegerla. Aquello la hizo
sentirse mejor.

Ya no le importaba haberse sentido humillada,
solo le importaba que aquellas semanas hubiesen
sido especiales para él.

–Durante mucho tiempo, te odié –le respondió–.
Hasta pensé en hacerte vudú. Hacer que se te arru-
gase tu órgano viril, o algo así, ya sabes.

–¿Mi órgano viril? –repitió él en tono de broma.

A Sophia le ardieron las mejillas.

–Bueno, tu instrumento de placer.

Luca se echó a reír. A Sophia le encantaba hacerlo
reír.

–¿Tu espada invencible? ¿Tu vara del gozo?

A Luca le corrieron las lágrimas por el rostro. La
hizo sentarse a horcajadas sobre él.

–Dilo, Sophia.

–No quiero.

–Eres una puritana.

Ella se echó a reír.

–Soy una mujer liberada que no tiene dudas acerca
de sus necesidades sexuales. Ahora, vete a casa,

ponte guapo y prepárate para complacerme esta noche.

–Si no eres una puritana, di la palabra.

–Luca, no pienso llamar por un nombre tan horrible a la cosa más maravillosa del mundo.

Él se ruborizó. La miró complacido.

Sophia se echó a reír.

–Me vas a matar, *cara mia* –le dijo él, abrazándola con fuerza.

Ella lo besó en los labios.

–Mantente alejada de Antonio. Y de Kairos y Leandro también. No me fío de ninguno de los tres –añadió Luca.

–¿Ni siquiera de tu hermano?

–Es cierto que Leandro no te va a hacer daño, pero es el rey de la manipulación. No quiero que corras el riesgo.

Ella pasó un dedo por su nariz, se sintió bien por dentro.

–Lo estás haciendo tú también Luca. Y me encantaba que fueses el único que no lo hacía.

–¿El qué?

–Antes no me decías lo que debía o no debía hacer. Ahora eres como los demás. Me quieres cambiar.

–Jamás intentaré cambiarte, Sophia, pero Antonio tiene la manía de estropearlo todo. Y yo no voy a estar siempre a tu lado para protegerte.

–Entonces, ¿por qué no le decimos que solo te estoy representando en la junta de manera temporal?

Porque Luca no quería que fuese temporal. Cada vez lo tenía más claro.

–Luca...

–Vamos al verdadero motivo por el que estoy aquí
–le dijo él, acariciándole los pechos.

–Luca... –respondió ella, riendo–. Esta es la primera semana que trabajo en mi despacho nuevo, con
el personal de CLG. Tu hermano, tu abuelo, trabajan
aquí... No podemos...

–La cuestión es... ¿me deseas, *cara mia*?

–Sí, aunque me da vergüenza decirte siempre que
sí, Luca.

–No tienes de que avergonzarte, tesoro. Estamos... Nuestros cuerpos están hechos para esto...

Metió las manos por debajo de su blusa y le acarició los pezones. Después se llevó uno a la boca y se
lo mordisqueó a través de la seda.

Sophia gimió. Y murmuró una obscenidad. Luca
sintió deseo, pero al mismo tiempo se sintió divertido.

Le levantó la falda y dio las gracias en silencio al
inventor de los tangas mientras la acariciaba entre los
muslos. Sophia estaba preparada para recibirlo.

La acarició allí, la hizo suspirar.

–Ay, Señor...

–Me gustaría que dijeses mi nombre. Al fin y al
cabo, soy yo el que te estoy dando placer.

–Eres un arrogante y un engreído... Luca... Necesito...

Él la mordisqueó mientras metía dos dedos en su
interior. Sintió que Sophia se sacudía.

–¿Qué necesitas, *cara mia*?

–A ti. Dentro de mí. Ya.

Él la hizo levantarse de su regazo y se desabrochó
los pantalones.

Sophia, mejillas sonrojadas, iris dilatados, labios inflamados, lo acogió en su cuerpo. Luca sintió satisfacción, encajaba en ella a la perfección.

Luca sabía que aquello se le estaba yendo de las manos. Que no era solo buen sexo, fantástico.

Entre Sophia y él había algo especial. Algo que él no había conocido hasta entonces.

Ella lo besó con ternura, como si también fuese consciente de lo que significaba aquel momento. Como si también se sintiese afectada por la belleza y la magia del momento.

Y entonces, Sophia se colocó encima de él y empezó a moverse.

La sensación fue deliciosa.

Luca la agarró por las caderas e impuso el ritmo.

Ella se movió cada vez con más rapidez.

Sus gemidos aumentaron de volumen e intensidad, indicando que estaba cada vez más cerca del clímax. Y cuando arqueó la espalda con fuerza, él la besó apasionadamente.

Luca pensó que era suya, que sus gritos, sus gemidos, sus sensuales palabras, todo era suyo.

Y entonces llegó al clímax también. Saciado y tranquilo consigo mismo y con el mundo, se preguntó por qué demonios aquel matrimonio tenía que ser temporal.

¿Por qué no podían continuar así?

Ambos sabían lo que querían. Tal vez pudiesen seguir siendo compañeros. Él estaba cansado de despertar al lado de mujeres a las que no quería conocer. Estaba cansado de no tener una estabilidad. Aunque

Sophia solo conociese una parte de él, era la persona que mejor lo conocía del mundo.

Le apartó el pelo húmedo de la frente y le dio un beso allí. Ella se acurrucó contra su cuerpo y Luca, por primera vez, se sintió completamente en paz consigo mismo.

Capítulo 11

SOPHIA se despertó sobresaltada y miró a su alrededor. No estaba en la cama en la que llevaba despertando todo un mes. Las paredes no eran de color crema ni las sábanas amarillas. No había cuadros caros en las paredes.

Las paredes estaban vacías y la habitación era un caos total. La cama en la que estaba tumbada era la única superficie que no estaba cubierta de libros o papeles. Entonces recordó... estaba en el estudio de Luca. Lo único que le resultaba familiar allí era el olor que sus cuerpos creaban juntos, el olor a sexo, a sudor y a intimidad.

Después de no haber visto a Luca en una semana, de no haber tenido noticias de él, había irrumpido en el despacho de Leandro para preguntarle dónde estaba su hermano. Con el paso de los días, su miedo y su preocupación habían ido en aumento.

Kairos no había conseguido erigirse en director general de CLG, quedándose el puesto vacío, y no quería ni hablar con ella. El futuro económico de Rossi era halagüeño. Y Luca la había devorado, ahuyentando las inhibiciones de Sophia con su deseo y su pasión, aunque esta había sido fácil de persuadir en cuanto había visto más allá de la fachada de su marido.

Con todos sus objetivos cumplidos, ¿terminaría Luca con su matrimonio? Sophia no podía evitar recordar cómo la había dejado la última vez.

En aquella ocasión quería que Luca se lo dijese a la cara.

Quería que terminase con ella, si iba a hacerlo, pero, sobre todo, estaba cansada de verlo jugar. Quería al verdadero Luca. Quería su verdadero yo antes de permitir que aquello se terminase.

Muy a su pesar, y tras muchas advertencias, Leandro la había llevado hasta un alto edificio, situado a pocos kilómetros del trabajo. Y la había acompañado hasta la puerta.

Si a Luca le había sorprendido encontrársela en la puerta de su apartamento, no lo había mostrado. Y a Sophia se le había acelerado el pulso al verlo con el torso desnudo y unos pantalones vaqueros.

Leandro había esperado a ver cómo se saludaban de brazos cruzados. No había sabido lo que Luca iba hacer.

–Hola, Barbazul –lo había saludado Sophia, metiéndose bajo su brazo para evitar que este la rechazase.

No le había importado que Luca no le hubiese enviado ni uno de sus mensajes graciosos y pícaros en toda la semana, que no quisiera que entrase en su santuario. No le había importado que, en un par de semanas, no quisiera tenerla más en su vida.

No le había importado ir perdiendo su corazón y su alma por él. No le había importado perder el control sobre aquello que había entre ambos. No le había importado que, por primera vez en su vida, no fuese

su carrera o el futuro de su familia lo que la mantu-
viese en vela por la noche.

Aquello había sido a las siete de la tarde. Luca había cerrado la habitación y se había girado a mirarla.
La había devorado con la mirada. Y el alivio había
dejado paso enseguida a otras emociones: confusión y
nervios. Se habían quedado así, mirándose, conscien-
tes los dos de la línea que Sophia acababa de cruzar.

Ella no le había recriminado que no la hubiese
llamado en seis días.

Él no la había acusado de comportarse como una
esposa pegajosa.

Sophia se había sentido aliviada cuando Luca le
había tocado la barbilla y le había dicho:

–Pareces agotada.

Se había apoyado en él sin reparos.

–No he dormido mucho los últimos días. No sé
cómo sobrevives tú.

–¿Qué tal fue la propuesta?

Ella había sonreído contra su hombro.

–Muy bien –había contestado, apretando la nariz
contra su cuello–. Contigo a mi lado, podría dominar
el mundo entero.

–*Bene*.

Entonces la había tomado en brazos, como si no
pesase nada, y había anunciado que se iban a la cama.
Primero, a dormir, y después a hacer otras cosas que
ambos necesitaban con desesperación.

El roce de la sábana contra su cuerpo hizo que
Sophia se diese cuenta de que estaba completamente
desnuda. Se tapó con el edredón sin pensarlo y se
puso de lado.

No había ninguna marca en la almohada. Luca no había dormido. Ella, por su parte, había caído rendida. Luca la había llevado al límite una y otra vez.

Pero en aquella ocasión no había habido bromas ni risas.

Él le había dicho que aquel era el precio a pagar por haber entrado en la guarida de Barbazul. Y Sophia se había dado cuenta de que ya había pagado el precio.

Una brisa fresca la hizo temblar y despertarse por completo. Sus ojos se acostumbraron a la oscuridad, rota por la luz de la luna que entraba por el ventanal. Se envolvió en la sábana y se acercó a mirar por él.

Era el momento más oscuro de la noche, justo antes de que comenzase a amanecer.

Sophia fue al baño, se lavó la cara. Buscó en el armario y se puso una camisa de Luca encima de la ropa interior.

Entonces, oyó la música.

Era la misma melodía que Luca había tocado la noche de la fiesta. Aquello era lo que la había despertado.

Con el corazón acelerado, avanzó, atraída por ella. Al llegar a la puerta y abrirla, la música se detuvo.

—Vuelve a tocarla —le pidió, apoyándose en la pared.

Vio cómo la espalda de Luca se tensaba. Tenía las manos inmóviles sobre las teclas, no se giró.

—No sabía que estuvieses despierta.

Sophia dio un par de pasos más y se detuvo.

—Has intentado dejarme completamente agotada,

lo sé. ¿Qué querías hacer cuando me durmiese? ¿Echarme de aquí? ¿Drogarme y llevarme a casa? Ni siquiera tú, con tu inagotable energía y libido, puedes mantenerme encerrada en esa habitación eternamente.

Él se giró y la miró por encima del hombro.

—Te estás volviendo cada vez más dramática.

—Los dramas y las máscaras son mi punto fuerte.

Él arqueó una ceja con arrogancia y Sophia contuvo la respiración. Esperó. Sabía que Luca podía destrozarla en cualquier momento.

Solo había un par de pasos entre ambos, pero podría haber sido todo un océano. El que la miraba era un extraño, no el hombre que había reído con ella. No era el que se había movido en su interior como si fuese una extensión de su cuerpo.

Se quedó allí por miedo a que si salía por la puerta aquella noche, todo se acabase.

—Por favor... Solo una vez. Te daré... lo que me pidas por oírla solo una vez más.

Él la miró con algo parecido a sorpresa.

Sophia se obligó a sonreír, a actuar como si el corazón no estuviese a punto de salírsele del pecho. Como si no se sintiese al borde de un abismo, dispuesta a caer. Sintió miedo y esperanza al mismo tiempo.

—Nunca... he tocado para nadie. Ni siquiera para Leandro y Tina.

—Eso me da igual. Quiero oír la canción.

Él no se inmutó ante su respuesta. No respondió. Se giró hacia el piano. El silencio fue tan largo que Sophia pensó que había perdido.

Pero entonces sus dedos largos empezaron a moverse sobre las teclas. Desapareció la tensión de sus hombros. Luca se convirtió en una extensión del instrumento. Se olvidó de ella.

Las notas desesperadas fueron penetrando en Sophia, que sintió el dolor como suyo propio. Hasta que surgió una nota diferente, esperanzadora. Y Sophia se preguntó si era así o si se lo había imaginado.

Entonces la nota volvió a sonar, como la cresta de una ola, como el brillo de una luz en un rincón oscuro. Una y otra vez, hasta que el dolor se vio reemplazado por una trémula esperanza. El ritmo aumentó. Fue subiendo hasta que solo hubo esperanza. Aunque fuese una esperanza tímida y frágil.

Sophia se dejó caer al suelo, temblando, con una avalancha de emociones que no podía ni nombrar. Le temblaban las rodillas y las manos, tenía lágrimas en las mejillas.

Se sintió transformada, sintió que resurgía entre las cenizas, nueva, llena de esperanza. La belleza de la composición hizo que se le formase un nudo en la garganta. Se quedó varios minutos allí en el suelo, con el corazón demasiado lleno como para sentir.

Poco a poco, sus pulsaciones se calmaron y el silencio le resultó ensordecedor.

Luca seguía sentado al piano. Sophia nunca lo había visto tan distante, tan lejos.

Ella se puso en pie. Se sentía como una hoja con la que el viento podría jugar. No se habría echado a reír ni aunque él le hubiese contado un chiste. Pensó que no podría soportar que Luca se comportase como... como el playboy complaciente después de saber que aquella música increíblemente bella residía en él.

Por una vez, Sophia no se sintió vencedora por tener la razón. Sentía náuseas, ira y miedo.

–¿Qué te ha parecido, Sophia?

Su pregunta la dejó inmóvil, con la mano en el pomo de la puerta. Clavó la vista en la madera oscura para no mirarlo a él. ¿Cómo podía llevar Luca tanto dentro? ¿Cómo era posible que se hubiese desnudado y que, al mismo tiempo, le hubiese arrancado algo a ella?

–Ha sido... interesante –le respondió.

No había palabra que pudiese describir aquella composición. Lo único que sabía Sophia era que tenía que alejarse de él antes de que se le ocurriese hacer una estupidez, como chillarle o golpearlo. ¿Era aquello lo que hacía cuando desaparecía?

Era como si la canción hubiese abierto un cajón en la mente de Sophia y lo único que esta podía ver y sentir eran emociones turbulentas. Emociones a punto de estallar.

–¿Interesante? –repitió él en tono un tanto burlón–. Creo que es la primera vez que te oigo hablar de manera diplomática.

Ella se giró y lo miró.

Era el mismo Luca que se había burlado de ella tres horas antes. El mismo que le había dado a comer fresas con nata mientras ella trabajaba frente al ordenador, el mismo que le había llevado té y pasteles cuando se había quedado trabajando hasta el amanecer. El mismo hombre que la había acariciado hasta llegar al éxtasis como si aquel fuese el único motivo de su existencia.

Pero no era el mismo.

Sophia no lo conocía en absoluto.

Poco a poco, se dio cuenta de lo que Luca le estaba diciendo. Entendió su sonrisa, una invitación a unirse a la parodia que llevaba a cabo cada día. Ella sintió náuseas.

–¿De quién es la composición? –le preguntó, dándole una oportunidad, lanzándole una advertencia ella también–. Da la sensación de que es... clásica.

Él sonrió de manera condescendiente, con verdadera arrogancia. Y en vez de ver al hombre que vivía buscando el placer, Sophia vio a un hombre pensativo, a un extraño sombrío.

–¿Sabes de música clásica?

Allí estaban, manteniendo una conversación como si se tratase de una primera cita, como si no hubiese una tormenta a punto de estallar a su alrededor.

Ella se encogió de hombros y se preparó para la pelea. Si Luca pensaba que iba a retroceder, estaba muy equivocado.

–Pocos meses después de que mi madre y Sal se casasen, este pensó que yo necesitaba que me pulieran un poco. Tuve una profesora de piano, clases de ballet e incluso de arte. ¿Me imaginas haciendo ballet, a mí, que soy como un pingüino?

–Si vuelves a decir que eres como un pingüino, te daré un azote.

–Ahora entiendo que a Tina le resultase divertido oírme llamarte pavo real.

–¿Qué soy entonces?

–Una pantera.

–¿Por qué?

–Porque se le ven las manchas bajo el manto negro. Es más vulnerable que cualquier otro felino salvaje y, porque, por mucho que lo intente, no puede camuflarse como los demás. Destaca automáticamente.

Luca se quedó como una estatua, con las manos a la espalda. El hombre al que ella había conocido no era capaz de estar quieto, el hombre que ella había pensado que era superficial.

–Pero estábamos hablando de música, ¿no? –añadió ella–. Yo practiqué horas y horas, decidida a ser la princesa perfecta para complacer a Sal. Aunque en realidad lo que se me daban bien eran los números. El señor Cavalli me dijo que era brillante en lo relativo a la técnica, pero que tocaba sin alma. Que, para mí, era solo un medio para alcanzar un fin.

El señor Cavalli había tenido razón.

La música de Luca desafiaba los parámetros humanos. Desafiaba al día y a la noche, desafiaba los límites. Desafiaba cualquier definición.

–Me dijo que era como un pastel seco por dentro. Fue una metáfora muy buena. Aunque me sentí horrorizada y lo dejé. Así que... sí, sé algo de música.

Y antes de que le diese tiempo a pensarlo, preguntó:

–Es tuya, ¿verdad, Luca? Tú has escrito esa canción.

Capítulo 12

LES quedaba tan poco tiempo. Solo un puñado de momentos. De risas y de sexo. De cenar tarde y hacer el amor temprano. Luca había querido hacer muchas cosas en ese tiempo. Había querido intentar convencer a Sophia de que alargasen la duración de su matrimonio.

El tiempo necesario para después poder seguir cada uno su camino.

Pero ya no tenían nada.

Se había terminado.

Por un lado, se sentía aliviado. Los finales eran algo con lo que se sentía cómodo.

Ocultarse nunca le había resultado tan complicado como con Sophia, que con sus zalamerías y sus besos conseguía llegarle dentro. La parte racional de su ser, que le recordaba de quién era hijo y cómo era, sufría entre sus manos.

«Eres Luca Conti», le gritaba una voz en su interior, recordándole lo que podía y no podía tener.

Luego estaba la otra parte, con la que nunca había hecho las paces. La parte que lo anhelaba y lo devoraba todo.

Había belleza e intelecto en ella y era una parte que estaba sufriendo, llorando ya la pérdida de aquella mujer. La mujer que, mejor que nadie, lo había visto e identificado. La mujer que le había prometido amistad, compañía, aceptación con sus palabras y exigencias.

Pero Luca llevaba toda la vida aprendiendo a oprimir aquella parte de él. O, al menos, a ignorarla lo suficiente. Fingir que no existía solo lo había llevado más al límite. Como había hecho Antonio con su padre.

Así que había aprendido a compartimentarla. Como un perro salvaje al que le daban de comer lo justo de vez en cuando, para mantenerlo dócil, atado.

Notó la mano de Sophia sobre la suya y se dio cuenta de lo frío que estaba.

—¿Luca?

Se giró hacia ella completamente, le respondió:

—Es mía. La terminé la semana pasada. Por eso no te he llamado.

A Sophia le brillaron los ojos un instante.

—¿En una semana?

—Sí.

—Y no paras ni duermes hasta que terminas.

Él se encogió de hombros.

Aquella era la verdad, y se interponía entre ambos como un oscuro espectro.

Luca se dio cuenta de que Sophia no había esperado que le contestase aquello. Lo había imaginado, pero había tenido la esperanza de que no fuese verdad. Había tenido la esperanza de que fuese un hombre que no servía para nada, no un... monstruo. Su madre lo había mirado de la misma manera durante años antes de marcharse.

Había tenido la esperanza de que su último ataque de inquietud, los dolores de cabeza y la música fuese todo un episodio aislado. Y se había sentido derrotada al descubrir que era igual que su padre, y no solo físicamente.

Aquello le había resultado insoportable.

La expresión en los ojos de Sophia duró solo unos segundos, pero Luca vio, fascinado, el momento en el que se enfrentaba a la desconcertante verdad y la aceptaba. La vio poner los hombros rectos y levantar la barbilla, dispuesta a pelear.

Entonces, se echó a reír. Y como se sentía tan débil y sabía que estaba acorralado, la acercó a él y la besó. Luca, el genio creativo con un cociente intelectual fuera de serie, se había creído muy listo. Había pensado que la seduciría, robaría una parte de ella y después seguiría con su vida. Que podría tomar de ella sin entregar nada a cambio.

Era un tonto arrogante.

En realidad estaba empezando a sentir pánico. El corazón le latía tan fuerte que podía sentirlo en la garganta.

Sus labios besaron a Sophia de forma brusca, desesperada. Quería colarse debajo de su piel y no salir jamás. Acababa de tomar aire cuando ella lo apartó y se limpió los labios con el dorso de la mano.

—¿Tan desagradable te resultó ya, *cara mia*? —le preguntó en tono burlón.

Aquello era lo que le ocurría, quién y lo que era. Se convertía en un perro herido, hambriento. Y si Sophia no se marchaba pronto, la mordería.

—¿Qué?

Ella lo fulminó con la mirada un instante, después esta se volvió fría, apretó los labios y sacudió la cabeza.

–Si me besas, pierdo el sentido común. No voy a permitir que me hagas el amor para después echarme de aquí.

Algo en él se calmó al oír su tono de voz. Siempre y cuando no lo odiase, Luca podría mantener su dignidad incluso al terminar la relación más importante de su vida. Suspiró, entrelazó los dedos de las manos y se apoyó en la pared. Podía soportar aquello también. Siempre lo hacía.

–Sophia, estás haciendo...

–Me has vuelto a engañar. Toda tu vida es una mentira.

Luca sintió ira, y eso le gustó. Nunca perdía los nervios, se controlaba.

–Mi vida es como tiene que ser.

–Y eso, ¿por qué? ¿Por qué ocultas tu talento? No, talento no es la palabra adecuada... Tanta belleza, eres un genio y no puedes... desperdiciarlo así. Dios mío, ¿qué piensa tu hermano?

Su fe en ella se tambaleó al ver una extraña luz en sus ojos.

–Mi hermano piensa que ya tengo suficientes problemas como para añadir a ellos la fama y el reconocimiento.

–¿La fama y el reconocimiento, Luca? Yo no me refería a eso. Tu música es tan bella, hay tanto dolor y tanta esperanza en ella...

Los ojos se le llenaron de lágrimas.

–Ojalá... Te miro, veo tu belleza, tu encanto, y no

puedo ni creerlo. Entonces oigo tu música, que me conmueve. Abro los ojos y te veo. Veo todo tu ser.

Las lágrimas de Sophia lo amedrentaban más que cualquier otra cosa.

–¿Por qué has hecho de tu vida una farsa? ¿Cómo soportas contener todo eso y vivir como si no fueses nadie? Estás desperdiciando un don...

Aquello lo enfadó. Se apartó de ella.

–Nunca he tenido elección. Y no pienso que sea un don.

Sophia palideció.

–Los dolores de cabeza y el insomnio... Estoy segura de que son difíciles de llevar, pero tú...

–No me estás escuchando, Sophia. Mi padre era así, pero violento. Antonio ni lo ayudó ni lo controló, tenía miedo a que se manchase el apellido Conti. Enzo se volvió salvaje, intentó calmar los dolores de cabeza con alcohol y drogas. Y cuando mi madre le dijo que iba a dejarlo él...

Su voz se quebró.

–Abusó de mi madre. ¿Y sabes cuál fue el resultado? Yo, a su imagen y semejanza.

Sintió que le ardía la garganta. Deseó arrodillarse y llorar, como había hecho el día que lo había averiguado. Deseó lanzarse a los brazos de Sophia, como había hecho con su hermano. Quiso... hacer suya a Sophia y enterrarse en su dulzura, escapar entre sus brazos una vez más.

Pero no iba a hacerlo.

No se iba a lamentar por algo que no podía cambiar. Era capaz de no comportarse como su padre, solo dependía de él.

Así que se quedó allí, negándose a romperse.

Sophia había sacado aquel sufrimiento que llevaba dentro.

La vio pálida, con los ojos llenos de lágrimas. La miró fijamente y se obligó a no llorar. Llorar solo empeoraba los dolores de cabeza y, de todos modos, su dolor ya se reflejaba en la mirada de Sophia.

Esta no dijo ninguna perogrullada. Se quedó en silencio, asimilándolo todo. Como si el dolor de Luca fuese el suyo. Como si fuese a luchar por él como luchaba por los que quería... Luca nunca había deseado tanto pertenecerle a alguien. Nunca había deseado tanto ponerse en manos de alguien.

Nunca había querido tanto sentirse amado.

Estuvo a punto de quebrarse. Entonces volvió a hablar.

—Fue un monstruo con ella. Y cuando mi madre me miraba a mí... se rompía un poco por dentro. Entonces, yo empecé también a tener estos ataques. Al principio, casi no era consciente. Mi madre estaba aterrorizada. Yo la aterraba. Así que, al final, se marchó. Por eso no quiero que digas que es un don del que deba alegrarme. Ni que me digas que tengo que compartirlo con los demás. No pretendas decirme cómo vivir mi vida.

Luca pensaba que era como su padre. El temor no era solo de Antonio, sino también suyo.

Pero, al mismo tiempo, era un hombre que conocía muy bien sus propias emociones. No era posible que no supiese que no era como Enzo, que era incapaz de hacer daño a nadie.

–¿Alguna vez te has puesto violento, como él? –le preguntó Sophia mientras seguía procesando todo lo que Luca le había contado.

Era evidente que aquella era su cruz. Que aquel miedo era el muro contra el que ella había estado dándose cabezazos.

Él negó con la cabeza.

–No... De niño... mi hermano nunca me dejaba solo, se quedaba conmigo como una sombra. Me... ayudó a aprender a ser disciplinado. Fue más que un hermano, fue como un padre, una madre y un amigo para mí.

Sophia sonrió y asintió, la presión de su pecho se alivió un poco. Le daría un beso a Leandro cuando lo viese para agradecerle lo que había hecho por Luca. No obstante, también sentía miedo, cada vez más. Porque cada vez había más distancia entre Luca y ella.

–Entonces, no te pareces en nada a él, ¿no? –preguntó, oyendo desesperación en su propia voz.

–No te engañes. Ya has oído lo que te he dicho.

Entonces, Sophia lo entendió.

El hecho de parecerse a su padre no era un miedo. Se había convertido en su escudo para no sufrir más. Para no sentirse rechazado. Era el motivo por el que se mantenía alejado de todo el mundo, por el que se odiaba a sí mismo.

¿Qué otra cosa podía hacer un niño para protegerse de su propio destino?

De repente, Sophia se sintió furiosa.

–Tu madre tenía que haberte protegido. No tenías que haber cargado tú con semejante peso.

—¿Cómo es posible que la culpes a ella? —inquirió Luca enfadado.

Pero Sophia prefería verlo así que sonriéndole con frialdad, como un rato antes.

—Ella no tiene la culpa de nada de esto.

—¡Ni tú tampoco! —le gritó Sophia, poniéndose a llorar de nuevo—. Ella tenía que haber sido más fuerte por ti. Ella... No es culpa tuya.

—Soy consciente de ello. ¿Piensas que he estado castigándome todos estos años? ¿Ves cómo he vivido?

Sophia se limpió las lágrimas y sonrió.

—No, y pienso que ese ha sido tu mayor logro. Y no esa bellísima composición ni los misterios que tu maravillosa mente pueda resolver. Vives riendo, pavoneándote, sin disculparte... —le dijo, llorando y riendo a la vez—. Vives... de un modo magnífico.

Se le encogió el pecho, sintió ganas de abrazarlo, de moldearlo con sus dedos. De sentir su cuerpo fuerte contra el de ella y decirle que lo quería, que era el hombre más maravilloso que había conocido. Que llenaba su vida y le daba valor, alegría y amor.

Que era mejor que cualquier otro que ella hubiese conocido.

Fuese o no un genio, era un hombre generoso, bueno, magnífico, pero después de descubrir cómo era realmente, después de haber oído su música, no había escapatoria. Su destino estaba unido al de él.

Tal y como se había temido, se había enamorado de él y sabía que Luca iba a destrozarle la vida.

Porque no había luz en ella sin él, no había risas

ni alegría ni color. Sin él, ella era solo una mujer apagada, gris, formal.

Pero Luca se odiaba a sí mismo y eso ponía entre ambos un enorme muro que Sophia no podía trepar, mucho menos conquistar.

—Vives la vida que te han dado, Luca. Y no puedo evitar admirarlo.

La expresión del rostro de Luca cambió, de repente, hubo alivio o paz en él, y Sophia pensó que tal vez hubiese una grieta en su armadura.

—Entonces, estamos de acuerdo, ¿no? Porque yo había pensado que tal vez podíamos convertir nuestro matrimonio en algo permanente. Con una serie de normas, por supuesto.

Hizo la oferta en tono de broma, pero con cierta tristeza. Porque él sabía lo que significaba que ella odiase también su otra parte. Que pensase que era una vergüenza que se escondiese.

Sophia vio todo aquello en su rostro, entendía su compleja mente muy bien y supo que, en algún momento, Luca la odiaría un poco por todo aquello.

Y al mismo tiempo se sintió enfadada porque pensó que Luca no tenía ningún derecho a decidir el futuro de ambos.

—No, no estamos de acuerdo. No puedo odiar, no voy a odiar, algo que es parte de ti. Como tú. Yo no voy a fingir. No puedo mirarte y no ver al verdadero Luca. Nos hemos quitado las máscaras y ya no hay marcha atrás, Luca.

—No pensé que te gustasen tanto los dramas.

—¿Los dramas? ¿Piensas que yo he elegido esto?

He aceptado al Luca que lleva años pasando de mujer en mujer porque pensaba que era la única relación que podía tener con ellas. Y debo aceptar a este Luca también.

Alargó la mano hacia él.

–¿No te das cuenta de que te comprendo?

Luca se puso tenso. Había dolor en su mirada.

–Ahora te doy pena y eso no lo soporto.

–No se te ocurra decirme lo que siento por ti, ¿de acuerdo?

–Ya te he dado todo lo que te puedo dar, Sophia.

–Y yo he encontrado el lugar en el que quiero estar, Luca. A tu lado. No me pidas que finja no saber la verdad. No voy a poder de dejar escuchar esa música...

No obstante, sabía que no iba a hacer que Luca cambiase de opinión.

Tenía muy arraigada la manera de verse y jamás se aceptaría a sí mismo. Como tampoco aceptaría lo que Sophia sentía por él.

Aunque lo que quería era darle un puñetazo a algo, Sophia se comportó de manera sensata, como siempre. Sabiendo que reaccionar con violencia no serviría de nada. Lo único que podía hacer era esperar a que Luca volviese a permitir que se acercase. Tener la esperanza de que él cambiase.

Sophia apoyó las manos en sus hombros, pasó los dedos por el cuello.

Él no la rechazó, pero no la imitó. El hombre que parecía no soportar estar sin tocarla, no la tocó.

Se quedó inmóvil como una estatua, con la cabeza agachada.

Primero le besó una mejilla, después la otra. Su olor a sudor, masculino, le aceleró el pulso. Notó cómo sus músculos se tensaban al abrazarlo. Sintió su respiración como si fuese la propia. Por fin, lo besó en la boca. Puso toda su alma en aquel beso.

—Ojalá pudieses darme una oportunidad, Luca. Danos una oportunidad...

Después se dio la media vuelta y salió de su estudio. De su mundo. Y una parte enorme de ella se quedó con él.

A Sophia le costó tres semanas, y ver un vídeo de Luca con una bailarina semidesnuda en un club de París, para darse cuenta de que este no iba a volver.

Cuando se enteró por Leandro de que no solo se había marchado de Milán, sino de Italia, a la mañana siguiente de su último encuentro, se quedó helada por dentro. Se dijo que necesitaba tiempo para poner sus ideas en orden y dejar de huir. Al fin y al cabo, llevaba décadas con aquel miedo a ser como su padre.

Había sido su escudo para que no lo rechazasen, contra el dolor.

Y no iba a dejar de pensar aquello solo por ella, cuando solo habían estado juntos un par de meses.

Curiosamente, había sido una conversación iniciada por su padrastro lo que a ella le había quitado la venda de los ojos.

Sophia había vuelto del trabajo sobre las once de la noche y se había encontrado a Salvatore esperándola.

–Sophia, ¿has decidido ya lo que vas a hacer?

–¿Acerca de qué, Sal?

Él había fruncido el ceño.

–Tu matrimonio. Pienso que lo mejor tanto para ti como para Rossi sería hablar con un abogado inmediatamente. Yo...

Aquello la enfureció.

–¡Solo te importa la empresa!

–No. También me preocupo por ti, pero pienso que habría que separar tu matrimonio del negocio...

–¡Por favor, Sal! Si Rossi está creciendo no es gracias a Leandro ni a Luca, ni gracias a CLG. Yo soy la que ha hecho que prospere la empresa. Soy yo la que...

Las lágrimas le habían impedido seguir hablando. Estaba cansada de conformarse con lo que le diesen. Cansada de luchar por ocupar un lugar, por recibir lo que se merecía.

Salvatore le había agarrado la mano y le había dicho:

–Te he querido como si fueses mi propia...

Y Sophia había apartado la mano.

–¿De verdad, Sal? Entonces, ¿por qué no confías en mí en lo que a Rossi se refiere? ¿Por qué no me has considerado nunca tu sucesora? Al fin y al cabo, soy yo la que ha trabajado duro para estar aquí. Soy lo mejor que le ha ocurrido a la empresa desde hace años.

Y así había sido como Sophia se había enfrentado a sus inseguridades y había dejado de engañarse a sí misma.

–He dedicado todo mi trabajo a levantar Rossi. Es

mía tanto como tuya, pero si no te das cuenta, si no me das el papel que me corresponde, dimito, Sal. Esta misma noche. Ahora. Considera esto mi dimisión oficial.

Había querido darse la vuelta, pero Sal se lo había impedido.

—Perdona a este viejo por sus prejuicios, Sophia. Tienes razón. Tú eres más fuerte que cualquiera y Rossi Leather y su futuro están unidos a ti. Tú eres su futuro, *bella*. ¿Me perdonas?

Cuando Salvatore la había abrazado, ella había roto a llorar. Había llorado por sí misma y por Luca, preguntándose si este no iba a volver jamás.

Aquella noche, desesperada por saber algo de él, había preparado una bolsa de viaje y había ido a Villa de Conti alrededor de la medianoche. La garganta se le había llenado de lágrimas cuando Leandro y Tina le habían dado la bienvenida y la habían apoyado mientras ella iba y venía por la habitación de Luca como si estuviese loca.

Luca se lo había dado todo: la oportunidad de salvar Rossi, de explorar su propio potencial, una familia nueva que la quería a pesar de sus diferencias y, sobre todo, seguridad en sí misma.

¿Qué iba a hacer con todo eso, pero sin él?

Se tumbó en la cama vacía, que tantas noches había compartido con Luca y lloró otra vez. Era el momento de enfrentarse a otra realidad.

Sabía que los momentos íntimos que había compartido con él, la conexión que había entre ambos, solo se encontraban una vez en la vida. Sabía que estaban hechos el uno para el otro.

Así que si tenía que destrozar a Luca para que este se enfrentase a sí mismo, a ella y a su amor, lo haría. Si era destrucción lo que Luca quería, se la daría.

Y tal vez entonces pudiese terminar la farsa que Luca vivía. Tal vez pudiesen empezar de cero.

En cualquier caso, Sophia lo tenía claro: no iba a rendirse sin luchar.

Capítulo 13

Dos meses después

Luca entró en el comedor de altos techos de Villa de Conti y se quedó inmóvil. Había tensión en el ambiente. Su familia lo miró, vio alivio en sus rostros.

—¿Dónde demonios has estado? —le gritó Leandro.

—Papá, estás gritando y hablando mal —le advirtió Izzie, la sobrina de Luca, que tenía siete años.

—Si me hubiese pasado algo grave, os habríais enterado.

—Sabíamos que no te había pasado nada, has hecho todo lo posible por que nos enterásemos.

Su hermana lo miró fijamente y, por primera vez en la vida, apartó la vista él.

Izzie levantó los brazos hacia él.

—Te he echado de menos, *zio*.

Otra chica de la que jamás había podido ocultarse. La levantó de la silla en la que estaba desayunando y enterró la nariz en su pelo, que olía a fresas. Se le encogió el estómago.

La siguiente fue su cuñada Alex, que estaba muy embarazada.

—Nos tenías muy preocupados. ¿Estás bien?

A él se le hizo un nudo en la garganta, asintió mientras se abrazaban.

Luego le dio un beso a Tina en la mejilla, saludó a Antonio con una inclinación de cabeza y se sentó.

Estuvieron desayunando en un tenso silencio hasta que él les dijo:

—No me he vuelto loco, así que ya podéis respirar con tranquilidad.

Pero Antonio fue el único que dejó de fruncir el ceño.

—Nunca he pensado que pudieras volverte loco. Sí me he temido que tiraras por la borda cualquier posibilidad de ser feliz, como estuve a punto de hacer yo —respondió Leandro—. Lo que Enzo fue o hizo no es nuestro legado. Nosotros decidimos lo que hacemos con nuestras vidas. ¿No fuiste tú el que me dijo eso?

Luca asintió, tenía un nudo en la garganta. Y entonces hizo la pregunta que lo había estado atormentando mientras paseaba por los mercados de Marrakech, el desierto en Oriente Medio y el frío invierno de Praga.

Durante las interminables fiestas y las largas y solitarias noches, aunque estuviese rodeado de gente. Porque Sophia tenía razón. Se le había caído la máscara y estaba cansado de fingir que no servía para nada.

Durante años, se había refugiado en el arte, pero no podía huir de Sophia. No podía huir del hombre en el que ella lo había convertido.

—¿Cómo está?

—Pregúntaselo cuando la veas.

–¿Por qué iba a verla? –preguntó él, a pesar de estar desesperado por hacerlo.

–Te va a desplumar. Con el divorcio.

¿Divorcio? ¿Sophia quería divorciarse? ¿Había decidido que, después de todo, no merecía la pena?

A Luca se le encogió el corazón.

–Ya le dije que le daba mi participación en Conti –balbució.

Su mundo nunca había estado tan vacío.

Vivir sin el amor de Sophia, retomar su vida anterior, lo volvería loco.

–Sus abogados hablan de sufrimiento emocional, violencia doméstica y abandono del hogar como motivos del divorcio. Y tiene el apoyo social. Sophia Rossi, además de lista, es una mujer con recursos.

–¿Cómo que el apoyo social? Esto es solo entre ella y yo.

–No, ahora es todo un escándalo. La prensa investiga de dónde has sacado tu fortuna y tu comportamiento durante todos estos años, se pregunta si eres como Enzo. Y yo no puedo controlarla, Luca.

Este entendió en ese momento la seriedad de su hermano. Enterró el rostro entre las manos y se preguntó si Sophia había hecho aquello para hacerle daño, por venganza.

Intentó no sentirse aturdido, no llorar. Respiró hondo y vio la misma imagen de Sophia que llevaba meses atormentándolo.

Sophia, temblando entre sus brazos. Sophia, pidiéndole una oportunidad.

–Por favor, decidme que no habéis manipulado ni amenazado a mi esposa.

La mirada de Leandro cambió, se quedó inmóvil.

–Nunca había conocido a una mujer así –admitió Tina con admiración.

–¿Vas a ponerte de su parte, en vez de la de tu hermano? –le preguntó Luca.

–Ella ha sido la única capaz de contarme la verdad. La única que me trata como a una adulta.

–¿Qué verdad? –preguntó Luca.

–Que no soy una Conti. Que mi padre era un pobre chófer del que mamá se enamoró después de abandonaros a Leandro y a ti. Que mi hermano mayor, que se supone que es un santo, organizó mi matrimonio con Kairos porque pensó que yo me quedaría destrozada si me enteraba de la verdad, y así al menos tendría un marido guapo y poderoso con el que consolarme. La verdad es que casi te prefiero a ti, Luca. Si tuviese que elegir cuál de los dos iba a manipular mi vida como si se tratase de una partida de ajedrez.

–Tina, tesoro. Yo... –empezó Leandro.

–No estoy enfadada –lo interrumpió ella, llorando–. Lo único que Luca y tú habéis hecho ha sido quererme. Podíais haberme dejado sola cuando mamá murió. Soy vuestra hermana y nada puede cambiar eso, pero cuando pienso en Sophia y en mi matrimonio, me doy cuenta de lo ingenua que he sido. Voy a dejar a Kairos. Y voy a marcharme de Milán.

Luca la abrazó al mismo tiempo que Leandro mientras Tina lloraba. Nunca se había sentido tan orgulloso de su hermana pequeña.

En los ojos de Leandro había miedo y Luca sacudió la cabeza a modo de advertencia. Durante años, Leandro solo se había dedicado a protegerlos, pero había llegado el momento de que Tina viviese su vida.

—Seguiré en contacto con vosotros, aunque sea solo para saber cómo se queda Luca cuando Sophia haya terminado con él.

Luca deseó que su hermana encontrase la felicidad en su nuevo viaje.

—Eres un genio, ¿verdad? —le dijo esta en tono de broma.

Luca asintió.

—Pues, *per piacere*, no pierdas la cosa más maravillosa que te ha pasado en la vida.

Casa Rossi, la primera tienda que Rossi abría después de su reinvención, brillaba el día de su inauguración. El champán rosado corría alegremente, hombres y mujeres vestidos de diseño se paseaban por las alfombras blancas. Y Sophia sabía que la mayoría de las personas que se acercaban a ella lo hacían por curiosidad.

Porque se había enfrentado a los venerados Conti.

Y, sobre todo, había revelado la verdad sobre Luca, para que este tuviese que enfrentarse a sí mismo, aceptarse. Era la única posibilidad de que...

Pero después de tantas noches en vela, de tantas horas encerrada trabajando, su fe en él, en ella misma, en su amor y en las risas que habían compartido, se estaba debilitando.

No sabía qué iba a hacer si Luca no volvía jamás.

Fue entonces cuando lo oyó. Las notas de música procedentes del bar que había al otro lado del recibidor. Había un piano que ella ni había mirado al entrar.

De repente, se hizo el silencio y volvió a escucharse la música.

Con el corazón en la garganta, Sophia salió al recibidor.

Y allí estaba él. Sentado al piano, con la cabeza agachada, los dedos volando sobre las teclas. Camisa blanca, pantalones oscuros, el pelo húmedo y brillante, los hombros relajados. Una luz rosácea inundaba la habitación, volviéndola loca.

Sophia parpadeó.

Tenía que ser un sueño.

Se sintió mareada, con ganas de llorar. Se apoyó en la pared y cerró los ojos. Tenía frío y estaba agotada.

Y entonces la pieza llegó a su momento álgido, al momento de la esperanza y de la vida.

–Para, por favor –le gritó Sophia.

Entonces lo sintió justo delante. Notó su calor, el olor de su piel.

Abrió los ojos.

Tenía ojeras, la boca amplia, sensual, los pómulos marcados. El rostro perfectamente simétrico. Era el hombre más bello que había visto jamás. El hombre al que amaba de manera insoportable.

Alargó la mano y tocó su rostro, la apartó, pero él se la agarró.

Tenía a Luca delante. Por fin estaba allí. Había vuelto.

Sophia apartó la mano y le dio una bofetada tan fuerte que el golpe retumbó en la habitación, sacándola de su estado de aturdimiento.

–Déjame en paz –susurró con voz temblorosa.

Él no se movió. No articuló palabra.

Solo la miró con los ojos brillantes.

Y ella deseó rogarle que se quedase con ella, que la amase, que no volviese a dejarla.

Pero no lo hizo, no iba a rogar.

Intentó apartarse de Luca, pero él la atrapó contra la pared. Siguió en silencio, mirándola.

Y ella clavó la vista en la distancia porque sabía que si lo miraba a los ojos, se rompería.

–¿No me miras, Sophia?

–Te odio –replicó ella–. Te odio y te mataré si me entero de que has besado a esas mujeres con las que has estado, Luca. Lo nuestro se ha terminado.

–No, *cara mia*, jamás miraría a otra mujer. He sido... un cretino. Al principio, quería que me odiases, pero después me he dado cuenta de lo que había perdido y de que yo solo me estaba arruinando la vida. Has hecho todo lo que has hecho para que yo me enfrentase a mí mismo. No me puedes dejar solo ahora.

–A veces siento que me lo has arrebatado todo. Odio estar enamorada. Duele... tanto.

–Shh... tesoro mío. Por favor, Sophia. No soporto verte llorar.

Luca le limpió las lágrimas del rostro.

–*Ti amo*, tesoro. Con toda mi alma. ¿Me vas a dar la oportunidad de ser el hombre que mereces? Te prometo, *cara mia*, que no volveré a hacerte daño.

Sophia lo abrazó con fuerza por el cuello.

–Sí, por favor, Luca. Ámame. Pasa la eternidad conmigo.

Él suspiró aliviado y le devolvió el abrazo. Y Sophia se entregó completamente a su amor.

Epílogo

Tres años más tarde

—He traído a alguien a verla, señora Conti.

Sophia se giró y vio a Luca en la puerta, con el portabebés en la mano. Solo hacía tres semanas que se había incorporado a trabajar después de seis meses de baja por maternidad.

Su secretaria, Margie, fue más rápida que ella. Tomó al bebé en brazos y lo acunó.

—Es muy afortunada, señora Conti —le dijo—. Tiene usted a los dos hombres más guapos de Italia.

Sophia miró a su hijo de siete meses, le dio un beso, y asintió.

—Es verdad.

Luego se acercó a abrazar a su marido.

—Esta mañana te has marchado sin despedirte —le recriminó él.

Sophia suspiró.

—Parecías agotado.

—Sí, pero no me gusta que te marches sin darme un beso de despedida.

Ella le dio el beso y sintió el mismo deseo que había sentido siempre por él.

—Tómate la tarde libre —le pidió Luca.

–Aunque lo hiciera, tendría que ocuparme de nuestro hijo. Ya sabes que se pone muy inquieto antes de la hora de la siesta. Se parece a su padre.

–Si es como un ángel. Míralo.

Tenía los ojos oscuros, el pelo moreno y una sonrisa encantadora. Era la viva imagen de su padre, cosa que a Luca le había preocupado nada más verlo nacer.

Y enseguida se habían dado cuenta de que, efectivamente, se parecía a él. Cuando lloraba, solo había dos cosas que conseguían calmarlo, un paseo en el Maserati de Luca y el piano.

–¿Por qué no hemos podido tener una muñequita perfecta, como Izzie e Chiara? –preguntó Sophia, refiriéndose a sus dos sobrinas.

–Si quieres una niña, ya sabes lo que tenemos que hacer, *cara mia* –le contestó Luca, mordisqueándole el cuello.

–De eso nada. Todavía no he perdido ni la mitad de peso del embarazo. No es justo que tú sigas igual de guapo y que yo parezca un elefante.

Él le dio un beso en los labios.

–Te quiero tal y como eres, Sophia.

–Lo sé.

A Sophia no le cabía la menor duda de lo mucho que Luca la quería.

Desde que se había reincorporado al trabajo, las visitas de Luca y Leo le alegraban el día a todas las mujeres de la oficina.

–Le he pedido a Alex que se quede con Leo esta noche –añadió Luca–. Me ha dicho que sí.

–¿Toda la noche? ¿Tú piensas que Leo está preparado?

–Yo pienso que sí. ¿Y tú, estás preparada?

Ella se quedó pensando en la suerte que tenía.

–De acuerdo, pero entonces os tenéis que marchar ahora para que me pueda tomar la tarde libre.

A Luca le brillaron los ojos.

–Pero no va a ser para lo que estás pensando –le advirtió ella.

–Entonces, ¿para qué?

–Para ir de compras –susurró ella–. Necesito lencería nueva. Y unos zapatos de tacón.

Él gimió y apoyó la frente contra la suya.

–En ese caso, creo que debería afeitarme.

–No, no te afeites –le dijo Sophia al oído.

Luca se echó a reír y la abrazó y ella pensó que su vida no podía ser mejor.